DESENCUENTROS

colección andanzas

Libros de Luis Sepúlveda
en Tusquets Editores

ANDANZAS
Un viejo que leía novelas de amor
Mundo del fin del mundo
Nombre de torero
Patagonia Express
Historia de una gaviota
y del gato que le enseñó a volar

LUIS SEPULVEDA
DESENCUENTROS

1.ª edición: mayo 1970
2.ª edición: septiembre 1997

© Luis Sepúlveda, 1997

Diseño de la colección: Guillemot-Navares
Reservados todos los derechos de esta edición para
Tusquets Editores, S.A. - Cesare Cantù, 8 - 08023 Barcelona
ISBN: 84-8310-023-1
Depósito legal: B. 36.939-1997
Fotocomposición: Foinsa - Passatge Gaiolà, 13-15 - 08013 Barcelona
Impreso sobre papel Offset-F. Crudo de Leizarán, S.A. - Guipúzcoa
Liberdúplex, S.L. - Constitución, 19 - 08014 Barcelona
Impreso en España

Índice

Desencuentros amistosos

El último faquir 11
Rolandbar 19
Cuando no tengas un lugar donde llorar 25
Acerca de algo que perdí en un tren 29
Cambio de ruta 45
Una casa en Santiago 53
Contestador automático 81

Desencuentros con uno mismo

Para matar un recuerdo 87
Domingo de lluvia 89
My favorite things 91

Desencuentros en los tiempos que corren

Del periódico de ayer 97
Un hombre que vendía dulces en el parque 103
Un auto se ha detenido en medio de la noche . 109
Recuerdos patrióticos 115
Desencuentro puntual 119
Pequeña biografía de un grande del mundo 125

Actas de Tola 135
El bibliotecario 149
Reseña de un lugar desconocido 155
El campeón 161

Desencuentros de amor

Café 179
Alguien espera gardenias allá arriba 183
Historia de amor sin palabras 185
Cita de amor en un país en guerra 199
Formas de ver el mar 209
Desencuentro al otro lado del tiempo 221

Otra también puerta del cielo 231

Desencuentros amistosos

El último faquir

Claro que es cierto.
Nadie puede decir que usted tuvo otro amigo mejor que este que ahora le habla chupándose las lágrimas, y aunque fueron pocas las personas que nos conocieron, yo creo que todos se percataron de este cariño inmenso que se dejaba notar así, despacio, como se expresa el verdadero cariño de los hombres, que a veces no precisa de mayores palabras, y basta con llenar el vaso sin derramar el vino.
Cariño de hombre simplemente. Cariño paquete de cigarros lanzado a la mesa sin más explicaciones que las ganas de fumar que se adivinan. Cariño, silencio y palmada en la espalda luego de escuchar durante horas el rosario de desgracias que siempre lo acorralaron. Cariño de hombre que casi todos vieron, casi todos, menos usted, por cierto.
Acuérdese, compadre. Porque somos compadres, ¿no? Acuérdese de que fui yo quien le dijo una mañana que tenía que hacer como los artistas del teatro, quienes como mucho dan dos funciones al día. Acuérdese de que fui yo quien le insistió en eso de darse categoría y de respetar el puñado de talento que a veces nos sale desde la angustia y el estómago vacío. Y acuérdese también de que fui yo el que llegó un día con el cartelito recién pintado sobre una cartulina blanca. ¡Lindo que me quedó! Si todavía me acuerdo:

«Ya no hay duda que valga y la verdad se impone en este mundo de farsantes. La prensa y la televisión lo han demostrado a millones de incrédulos. Alí Kazam es el último de los verdaderos faquires que nos van quedando. Alí Kazam come focos eléctricos como si fueran galletas de obleas y traga hojas de afeitar como quien toma analgésicos. Alí Kazam logra estas proezas merced a su vida vegetariana, que sobrelleva con más consecuencia que un caballo. Alí Kazam es flaco pero sano y agradece la cooperación del respetable público que observa atónito sus representaciones. Dos veces al día Alí Kazam tragará ante ustedes toda clase de vidrios y objetos metálicos, retirándose luego a descansar, a meditar sentado en una tabla erizada de clavos.

»Vengan usted y su familia y vean a Alí Kazam, el último verdadero faquir que nos va quedando en estos tiempos de timo e imitación. Alí Kazam se presentará sólo por unos pocos días en esta ciudad antes de proseguir su viaje, que empezó en su patria, la lejana y misteriosa India, en busca de la paz y la verdad».

Y perdóneme que le recuerde, compadre, porque somos compadres, ¿no?, que fui yo también quien le puso el nombre, porque de no haber estado yo presente, usted y su idea del «Gran Mauricio» no hubieran llegado ni a la esquina. Si hasta el turbante se lo hice yo pues, compadre, copia fiel de uno que salía en *Selecciones*, porque de algo sirve a veces el haber leído. Turbante digno de un sultán me salió pues, compadre, muy diferente a ese montón de esparadrapo con que le coronaban la cabeza en el circo.

Si yo le digo ahora todas estas cosas, compadre, no lo hago con la intención de cobrarle favor alguno. No. Lo hecho, hecho está y así se queda, sólo quiero recordarle que sin mí usted nunca hubiera figurado ni se hubiera leído su nombre de artista en más de algún periódico.

Acuérdese de que en el circo lo dejaron finalmente para que cambiara el aserrín que meaban los leones, porque cuando le dio el calambre en plena función de gala quedó de sobra demostrado que para hombre de goma usted no tenía ningún talento. Y entonces, ¿quién se fijó en su cuerpo flacuchento, todo tiritón y tratando inútilmente de sacarse la pata de la nuca? Yo pues, compadre. Su amigo.

Acuérdese de que yo me acerqué, sin hacer caso de las carcajadas del respetable público e ignorando las puteadas del empresario, que lo ayudé a desanudarse y le dije: «Compadre, viéndolo bien, usted tiene una irresistible pinta de faquir», y usted, compadre, me miraba con esos ojos suyos, ojos de ternero en el umbral del sacrificio, y no tenía ni la menor idea acerca del tremendo futuro que yo le estaba fraguando.

¿Quién le prestó los libros de Lobsang Rampa para que aprendiera algo de la India?

Yo pues, compadre. Su amigo.

¿Quién no dijo ni pío cuando usted cambió los libros sin haberlos leído siquiera por algunos botellones del tinto más malacatoso?

Este pecho pues, compadre. Su amigo.

Acuérdese de que yo le enseñé cómo hacen los marinos mercantes para mascar los vidrios hasta convertirlos en harina y esconderlos debajo de la lengua. Acuérdese de que yo le conseguí las ampollas de pintura, de esas que llevan los magos en el sombrero cuando hacen el truco de los huevos, y acuérdese de que yo le compré las botellas de aguardiente, del más fortachón, del guarapón de curtiduría pues, compadre, para que se le secaran las encías y se le pusiera dura la boca. Haga memoria, compadre, y dígame si no fui yo quien le enseñó cómo meterse las hojas de afeitar entre los dientes, despacio, muy despacio, sin tocar las encías, para poder luego partirlas moviéndolas con la lengua. Y no se olvide de cuánto me costó conseguir las inyecciones de anestesia para cuando hacía el número de atravesarse alfileres en los brazos.

No es que yo le esté cobrando nada, compadre, porque somos compadres, ¿no? Sólo quiero decirle que nadie, ni usted mismo, puede decir que hubo otro amigo mejor que yo en su vida. El amigo que lo formó, que lo llevó de la mano por los derroteros del éxito y le hizo beber del vino del aplauso. Yo pues, compadre, su amigo, el que lo hizo artista.

Pero usted, compadre, y perdóneme que se lo diga ahora en estas circunstancias tan risibles, siempre fue un porfiado, más porfiado que una mula.

Tantas veces le repetí: «Compadre, ha de entender que por sobre el talento cada hombre tiene sus propias limitaciones», pero hablarle a usted, compadre, se fue haciendo cada vez más impracticable, tal vez, ahora que lo pienso, porque la fama se le fue subiendo a la cabeza.

Acuérdese de que casi me mató de rabia en todas aquellas ocasiones en que se bebió el aguardiente sin haber hecho ninguna prueba, y tuve que explicarle al respetable público que su caminar trastabillante no era consecuencia de una borrachera, sino la natural debilidad del ayuno observado por todo faquir que se respete o, para ser más explícito, ¿se acuerda, compadre, de esa vez en que le conseguí la primera actuación en la tele?, ¿se acuerda de que la noche anterior, y sin decirme ni media palabra, dejó la capa empeñada en un prostíbulo? Tuve que recorrer todos los burdeles del puerto para recuperar el traje de faquir y, preguntando al puterío, encontré por fin la capa sirviendo de mantel en una mesa pringosa. «Le compro la cortina», me dijo un marica vestido de fandanguero, como si no me hubiera costado veinte noches de pincharme los dedos el bordarle los signos del horóscopo en el mismo orden en que aparecen en el almanaque *Bristol.*

Cuántas veces le dije: «Compadre, no salga a tomar con el traje de faquir, ¿no ve que piensan que es un loco?». Y usted dale que dale con que lo confundían con el embajador de Pakistán.

¡Ay, compadre! Compadrito, perdóneme que se lo repita, pero usted fue un porfiado, más porfiado que una mula.

Ahora que estoy sentado, ahora que me he fumado casi un paquete de cigarros, pienso y pienso y por más que le dé vueltas al asunto no logro imaginarme de dónde demonios sacó el sable. Según el enano, usted dijo con bastantes tragos en el cuerpo: «Ha llegado la hora de que Alí Kazam haga una prueba nunca vista en este circo de mierda. Ha llegado la hora de que Alí Kazam, el último faquir, deje de comer clavos y tachuelas de zapatero y se trague un sable entero. Un sable de caballería, sin sal y hasta el mango».

Cuando me llamaron, compadre, yo estaba tranquilamente sentado junto a mi copita de vino, usted sabe, esos vinitos tranquilos que yo me tomo, esos vinitos sin escándalo, esos vinitos silenciosos en los que me concentro y voy creando las nuevas pruebas con las que cosechamos tantos aplausos. Para serle franco, compadre, estaba pensando en una prueba tremenda, un número espectacular para el que sólo necesitábamos doblar la dosis de anestesia en sus brazos y, por sobre todo, estaba aprendiendo a confiar en usted. Estaba a punto de confiar en usted y, como prueba, compadre, acuérdese de que lo dejé solo en las tres últimas funciones, pero, como dice la Biblia, «ya ve», usted nunca se ganó la confianza total de la gente; siempre con sus arrebatos de última hora.

Cuando me llamaron, compadre, partí corriendo. Usted sabe que nunca lo dejé solo en sus momentos de apuros, y perdóneme, compadre, pero palabra que me dio risa cuando vi cómo lo sacaban sentado en la camilla, con las piernas cruzadas, con la boca tremendamente abierta y medio sable metido en el cuerpo.

Al verlo, casi me voy de espaldas, pero finalmente me dio risa verlo en esa situación, con los ojos cerrados y dos hilitos de sangre cayendo de sus labios. Me dio risa ver cómo los enfermeros le sujetaban las manos para que no tratara de sacarse el sable usted mismo, o metérselo hasta el fondo para ganar la apuesta.

Perdóneme que se lo diga ahora, compadre, pero usted no habría cambiado nunca.

Un enfermero me ha dicho que ya le han sacado el sable y que me lo van a entregar pronto. Yo le pregunté si lo que me van a entregar es el sable, y el enfermero me dijo que también, pero que se refería a usted. «Apenas lo terminen de zurcir se lo entregamos», me dijo.

Afuera, compadre, hay una mujer llorando. ¿Por qué no me dijo que era casado, compadre? Me ha gritado un montón de insultos y me ha amenazado con mandarme a la cárcel porque yo soy el responsable de su tontería de creerse faquir. Yo me he tragado los insultos, compadre, usted me conoce. Lo único que le he dicho es que «yo le enseñé un oficio, señora, digamos que soy su *manager* y, de paso, su mejor amigo», pero ella sigue gritando allá afuera que yo soy el único responsable de su locura.

Pero aquí me tiene pues, compadre. Esperando a que me lo entreguen, a lo mejor envuelto en la misma capa que yo le bordé y que tan buenos tiempos nos ha dado, a lo mejor envuelto en una sábana o en una bolsa de plástico. No importa. Aquí tiene a su compadre, a su mejor amigo, siempre al pie del cañón, como en los buenos tiempos.

Yo no sé qué va a pasar más tarde, pero quiero que una cosa quede ahora bien clara: yo fui su mejor amigo, compadre, el que le enseñó los trucos que dejaban a la gente boquiabierta, el que le bordó la capa y le compró los talismanes de la buena suerte, el que lo acompaña ahora separado por una pared blanca, el que tendrá que pagar el cajón, los cirios y el cura, el que conseguirá la corona a nombre del sindicato circense, el que peleará por que su muerte sea considerada un accidente de trabajo, el que pedirá un minuto de silencio por el alma de Alí Kazam en la función de esta noche.

Ahora se abre una puerta, compadre. Dos hombres traen una camilla y alcanzo a reconocer una de sus zapatillas puntiagudas.

Uno de los hombres pregunta: «¿Quién se hace cargo del fiambre?», y le respondo: «Yo, señor».

«¿Pariente?», pregunta el enfermero.

«No, su mejor amigo», le digo, porque es cierto.

Rolandbar

> Yo no he sabido nunca de su historia. Un día nací allí, sencillamente. El viejo puerto modeló mi infancia. Con rostro de fría indiferencia.
>
> Gitano Rodríguez

El mercante echó amarras en el muelle cuando el sol invernal se deslizaba como una mancha de aceite y los turistas se aburrían de la inutilidad de sus Kodaks. Los goznes dejaron de lamentarse en cuanto el peón de puerto hizo el nudo final en el cabo de amarre.

—Así fue, ¿no?

—Puede decirse. ¿Pedimos otra botella?

Los marinos panameños conocían el camino hacia la plaza Echaurren y, aunque ninguno de ellos pensaba entrar en la casa de los siete espejos, sentían, sin embargo, cómo la tierra les cosquilleaba entre las piernas.

—¿Voy bien?

—Sí, macho. Salud.

El capitán fumaba en cubierta. Escuchaba ausente las instrucciones del práctico. Finalmente, bostezando, firmó el recibo que éste le extendiera.

—¿Así fue?

—Supongo. Pero habla de mí. Di que yo entendí que no tenía nada más que hacer en esa casa. Di que las miradas desdeñosas habían desaparecido con el amanecer y que el salón hedía a tabaco y a sudor. El tocadiscos seguía girando, con un sonido magnético francamente molesto. Traté de recordar rigurosamente todo cuanto sucediera, pero un agudo dolor en el ojo izquierdo me hizo levantar y, medio mareado, aún caminé hasta el baño. Al pasar frente a la habitación de Rosa, pude verla. Habían dejado la puerta entornada y logré divisar su rostro sudoroso. Vi también que un brazo le rodeaba la espalda. Un brazo fuerte, velludo, un arco de oscuras algas marinas. Me detuve frente al espejo, y allí vi mi cara amoratada por los golpes. Los labios hinchados, el pelo revuelto, con algunas costras de sangre pegadas. Supe una vez más que había perdido mi lugar en esa casa. «Está viejo, pero pega fuerte.» Eso fue lo que pensé.

Y Alberto tenía razón. El Negro pegaba fuerte y conocía todas las artimañas de un buen peleador. El Negro llevaba muchos años de puerto a sus espaldas, muchos años entre rejas que cuadriculaban los rayos de sol, muchos años de mascar rencor y sacarle filo a la venganza.

—El espejo te devolvió una imagen derrotada, pero tranquila. Después de todo, la cuenta estaba saldada y para ustedes dos terminaba por fin el largo tiempo de espera. ¿Me equivoco?

—Cierto. Yo pensaba en el asunto. El asunto. Varios años atrás vagaba una tarde cerca de Quintero y de pronto vi cómo desde un barco lanzaban unos sacos a la deriva. Esperé hasta que oscureciera, me desvestí y nadé al encuentro de los bultos. Eran unos sacos de lona impermeable, y dentro había cientos de cartones de cigarrillos yanquis. Un tesoro, gancho, y yo sabía muy bien quién era el dueño.

En el puerto no existen secretos. Al Negro no le costó gran cosa averiguar el nombre del ladrón y lo enfrentó a los pocos días cerca de la caleta El Membrillo. «Usted tomó algo mío, socio», fue todo cuanto alcanzó a decir el Negro.

Alberto había sido más rápido en su respuesta. Le había metido el acero hasta el mango y sentido en su mano el calor de la sangre del Negro, que cayó buscando una palabra inencontrable.

—Al Negro lo interrogaron en la clínica, pero no soltó palabra. El problema es que en un bolsillo le encontraron cinco gramos de la diosa, de la mejor, pura, blanca, sin mezclar todavía, y le juro, gancho, que no fui yo quien se la metió. La coca no fue nunca mi negocio.
—¿Quién entonces?
—Qué sé yo. Los tombos mismos, para tenerlo en sus manos y obligarlo a cantar sobre el matute.
—¿En qué pensabas al abandonar la casa?
—En él. El, que ocupaba mi lugar en la cama, el olor de Rosa, el olor de las sábanas. «Que te aproveche, viejito», pensé. «Después de todo te mamaste cinco años de cana.»
—¿No pensabas en el alemán?
—No.

Para Hans Schneider había sido su crucero número veintiuno por las aguas del Pacífico sur. Como era su costumbre, su primer saludo lo dirigió a las gaviotas que se posaron junto al desaguadero de la cocina. Al alemán le gustaba Valparaíso. Siempre decía que era su último viaje, que echaba amarras y se casaba con una de las chicas del Roland, pero siempre volvía a pararse en cubierta en el momento de zarpar, agitando su mano blanca, llenándose los ojos de cerros y de gatos.

Cuando el Negro entró en el Rolandbar, los parroquianos estaban agrupados bajo el timón del *S.S. Holmurd,* que servía de lámpara. El hombre sentía en su sangre una vieja pasión resucitada, y con razón. Cinco años de cárcel eran motivo de sobra. Las hembras metidas furtivamente en los locutorios no eran más que sexo encadenado. El Negro buscaba a Rosa. Necesitaba sus pechos todavía duros en el recuerdo, sus labios carnosos, su alegría de baile, su fidelidad tan particular, cuando la necesitaba.

Encontró un enjambre de marinos panameños que

delataban su origen al son de ritmos tropicales, y algunos cafiches advenedizos.

—¿Dónde se encontraron Rosa y el alemán?
—En el Herzog. Donde siempre.
El viejo hotel de siempre. Subieron al cuarto. La mujer se desnudó sin palabras y, al ver esa carne tan conocida, el alemán la acarició y le dijo que era tarde, que se sentía cansado, que simplemente quería dormir acompañado unas horas.

La mujer entendió y acercó su cabeza al alemán. El olor a laca le produjo náuseas, pero la abrazó y se durmieron.

—Lo vi apenas entré al Roland. Estaba de espaldas conversando con los panameños. Quise irme, pero algo más fuerte que el miedo me indicó que el momento había llegado. No se puede vivir siempre esperando. Busqué en el bolsillo de mi saco, y la frialdad de la Solingen me hizo sentirme protegido. En ese momento entraron Rosa y el alemán. Venían abrazados y no se percataron ni de mi presencia ni de la del Negro. Tomaron asiento en el rincón oscuro de los salvavidas. El Negro se les acercó con pasos lentos. No dijo nada. Lo único que hizo fue pararse frente a ellos.

»"¡Negro, saliste!", exclamó Rosa.

»Hans Schneider hizo ademán de retirarse, conocía la historia del hombre, pero éste le contuvo.

»"Quédese, amigo. Yo sé que usted es un hombre bueno."

»Pidieron vino y bebieron sin mayores palabras. Rosa acariciaba un brazo del Negro.

—¿Y tú? ¿Qué hiciste?
—Fui también a la mesa. "Aquí estoy", fue todo lo que dije.

»"Así veo", respondió el hombre. "Me parece que usted y yo tenemos una pequeña cuenta pendiente."

»"Conforme. Cóbrese si quiere. Pero antes quiero aclararle que no fui yo el que le metió la coca. No me gusta cargar con muertos ajenos."

»"Eso también lo sé."

»"¿Entonces?"

»"Tenemos tiempo. La noche es larga. A veces puede durar cinco años."

Alberto había dado un paso atrás. Un rayo de acero cruzó el aire enrarecido y la atmósfera se tiñó de rojo. Sobre la superficie hedionda del piso de tablas se escuchaba la respiración entrecortada de Hans Schneider. Había parado con su pecho la única puñalada que cortó el aire de la noche, y que torció su destino original en un abrir y cerrar de ojos.

Alberto empuñaba la navaja. Miró al Negro con odio y se aprestó a levantarla nuevamente, pero ya era tarde. Los puños del hombre cayeron sobre su cara tantas veces que al soltar el arma tenía un hervidero de avispas en la cabeza y esperaba la entrada del acero en cualquier punto de su cuerpo.

—Pero no pasó nada. Desperté en el sillón, todo dolorido y sorprendido de estar vivo.

—¿En qué más pensabas al salir de la casa?

—En una frase. «Homicidio casual.» Y, a un tiempo: «Cinco años y, como soy primerizo, me sueltan a los tres».

Alberto se había encaminado hacia la comisaría; en el trayecto compró un diario, cigarrillos, un cepillo de dientes y, al pasar por el puerto, no se sorprendió de la multitud de hombres que esperaban junto al carguero. En el puerto no hay secretos. Todo Valparaíso sabía ya que en el barco panameño había una vacante.

Cuando no tengas un lugar donde llorar

Mas mis dioses son flacos y dudé.

Antonio Cisneros

Cuando no tengas un lugar donde llorar, acuérdate de mis palabras y anda a casa de Mamá Antonia.

Es muy fácil dar con ella; bastará con que indagues entre los hombres del muelle y, sin mayores preámbulos, te dirán cómo llegar hasta la vieja casona de madera.

Es probable que el pórtico te sorprenda y te haga sentir confuso. Pensarás que te has equivocado y que te encuentras ante la casa del arzobispo, pero no te detengas, sigue adelante, cruza la mampara ignorando los rostros andróginos de los querubines que adornan las paredes y llama sólo una vez al timbre del mesón. Te atenderá un ser salido de las profundidades.

Es un hombre extraño, desde luego. En los bares del puerto comentan que un tranvía le cortó las dos piernas cuando huía de un marido celoso y que reptando llegó a desaguar su tragedia a casa de Mamá Antonia. Se dice también que ésta se compadeció del medio hombre agonizante y que, luego de pagar la cauterización de los muñones, mandó que le construyeran una tarima dotada de un complicado sistema de resortes que lo saca del sueño con el ruido del timbre y que lo impulsa hacia la altura como a un monigote de espanto. Son muchas las cosas que se dicen en los bares del puerto, pero tú sabes cómo es la lengua de los estibadores.

El medio hombre sacará un ajado libro de registro. Anotará en él tu nombre, edad, ocupación conocida y finalmente preguntará por el motivo del llanto. Si esto último no lo tienes del todo claro o si te faltara, no te preocupes. Parte del servicio de la casa es proporcionar buenos motivos para llorar a gritos, o en silencio. Eso queda a tu entera elección.

El medio hombre brincará sobre un pequeño carrito y te conducirá por un oscuro pasillo hasta que encuentres una puerta abierta. Verás que en la habitación hay una cama, una silla y un espejo.

Te sentirás nervioso, eso es más que seguro, pero debes confiar, confiar en Mamá Antonia es lo único que importa. Serás atacado por un incontenible deseo de fuga y, cuando quieras hacerlo, verás que el umbral de la puerta está ocupado por una mujer gorda, enorme, de tales dimensiones que apenas logra pasar al interior del cuarto.

Sin decir una palabra avanzará jadeando hasta tu encuentro, te empujará a la cama, se arrojará sobre ti y te besará en la boca introduciendo su lengua hasta tus amígdalas. Cuando sientas que te ataca el primer ahogo, se echará a un lado y comenzará a desvestirse sin dejar de mirarte. No te alarmes. Te mirará con odio. Con un odio incontenible que aumentará sus jadeos. Ella es Mamá Antonia.

Verás un desorden de carnes oscuras. Un universo de tetas grandes como zapallos, pezones casi tan voluminosos como un puño cerrado, un tonel del que nacen dos piernas inmensamente gruesas y, entre ellas, bajo pliegues de grasa, alcanzarás a ver el vello ralo de un pubis secreto.

Comprobarás también que esa masa de carne está en perpetuo movimiento, que bastaría con un buen puñal para abrir esa bolsa y esparcir a ese ser gelatinoso por toda la habitación. Ella no dirá palabra alguna. Simplemente gemirá mientras te asedia, luego aullará como los lobos, contorneándose en una desaforada ceremonia de invitación hacia su cuerpo.

Te sentirás arrinconado, y desde tu lugar, la pieza tiene cuatro esquinas y no importa cuál elijas para refugiarte, la verás sudar, chorrear incansablemente, oirás que de entre sus piernas proviene un sonido de sapos reventados, verás sus ojos blancos, su lengua de proporciones inenarrables colgándole entre los labios y, por el chirrido de sus dientes, comprobarás la magnitud de sus orgasmos, y sabrás que es incansable mirando cómo su mano derecha va y viene perdiéndose entre las piernas.

Serás tú quien gemirá entonces, acobardado ante tu propia excitación, pero no te preocupes, recuerda que nada es obsceno si proviene del deseo.

Arrojarás tus ropas en desorden y te lanzarás sobre la mole jadeando también como un perro. Tendrás la sensación de hundirte por doquier en esa carne sudorosa y caliente. Besarás, morderás, buscando hacer daño, causar dolor, dolor que libere, golpearás buscando con tu sexo el orificio secreto, te engañarás sintiendo que la verga, torpe y ciega, arremete y se vacía sin conseguir colmar tu deseo creciente. Querrás hacer algo más, el maldito algo más de la vergüenza, recordarás que tienes lengua y, al intentar introducirla entre las dos columnas de sus piernas, Mamá Antonia te arrojará a un lado, pues le estorbas en el alud de placer onanista que se avecina.

Ahora sí te incorporarás aterrado, ahora sí asqueado. Buscarás tu imagen en el espejo, pero ésta nunca aparecerá. Sólo Mamá Antonia existirá en su luna, sólo la mole gimiente, ahogada a ratos por su propia saliva.

Te vestirás apresurado, intentarás abrir la puerta descubriendo que está cerrada desde fuera, gritarás llamando al medio hombre para que te saque, le ofrecerás dinero, tu reloj de pulsera, todo lo que llevas encima a cambio de que te abra la puerta, mas los gritos de Mamá Antonia serán más poderosos que los tuyos y sin darte cuenta estarás llorando, hincado, arañando la superficie de madera.

Llorarás ignorando el tiempo. Pasarás del llanto frenético al pausado, casi silencioso, del inocente, y, cuando estés cansado, girarás la cabeza descubriendo que Mamá Antonia está vestida, sentada sobre la cama mirándote compasiva. Ahora llorarás de vergüenza, ella te llamará a su lado y acariciará tu cabeza, te sonará los mocos, te secará las babas, te preguntará si ya te sientes mejor, o si prefieres llorar otra vez. Si te decides por repetir, no te preocupes, de todas formas es cortesía de la casa el proporcionar a la salida una gota de limón en cada ojo y un cubito de hielo para deshinchar los párpados.

Acerca de algo que perdí en un tren

La infancia es la capital del escritor.

Graham Greene

Aquel lugar me parecía el fin del mundo y de alguna manera lo era, por lo menos para el tren. Al final de las vías interrumpidas sin aviso se levantaba una barrera de traviesas embadurnadas de grasa, ocupadas por gaviotas viejas, de mirada impasible, que no se dejaban importunar por el ajetreo de los viajeros y alimentaban su gris ancianidad con los restos de comida del vagón comedor y, tal vez —así me gustaba creerlo—, pensando.

Nunca estuve seguro de si las gaviotas en realidad pensaban, pero yo sí lo hacía, en vuelos breves y desordenados.

Me gustaba, por ejemplo, pensar en un maquinista dormido, y me bastaba con cerrar los ojos para ver al convoy pasando de largo, llevándose la barrera de traviesas entre lamentos de maderas viejas y pernos quebrados, entre la alarma de las gaviotas, precipitándose al mar, donde se hundía, cual animal flojo y distraído, para continuar el viaje por oscuros paisajes submarinos.

Por ese tiempo sabía muy poco del mundo y mi riqueza de conocimientos era fragmentaria: sabía que, más allá de la barrera, se abría el Canal de Chacao y que, aún más allá, empezaba Chiloé, el archipiélago, los cientos, miles de islas, de pasos estrechos y bordeados por afilados colmillos de arrecifes, y más y más islas, peñascos e islotes, prolongándose en salpicaduras verdes sobre el mar hasta los confines del planeta.

Sabía también que por el este se extendía el continente, cortado por cordilleras bajas, por ventisqueros, por fiordos que abrían cicatrices de agua y por cuyas corrientes, en los duros inviernos patagónicos, navegaban barcos fantasmas: galeones del tiempo colonial o transatlánticos altos como catedrales, tripulados por seres que ignoraban sus destinos de vagabundos arrebatados por el abrazo polar.

Sabía también que en el continente casi no existían caminos, y los pocos, transitables sólo durante el corto verano, estaban la mayor parte del año interrumpidos por violentos y sorpresivos pasos de agua o por cascadas congeladas en su caída.

Pero todo eso lo sabía de oídas, y soñaba con aquel mundo abriéndose más allá del fin del mundo señalado por la sucia barrera de traviesas que cortaba las vías.

Mi padre me prometía que, alguna vez, con buen tiempo, alquilaríamos una nave y ordenaríamos al patrón chilote que nos llevase a la vela por entre los canales donde reinaban los delfines y se apareaban las juguetonas ballenas calderón. Tan sólo el escuchar los nombres de los lugares que visitaríamos me bastaba para verlos: Golfo de Corcovado, Bahía Desolación, Golfo de Penas, Ultima Esperanza, Paso de Drake. Territorios habitados nada más que por la danza fantasmagórica de las auroras boreales.

Pero tenía que esperar por ese ansiado viaje. Recién había cumplido los catorce años y para mi padre yo era todavía un niño.

«¿Cuándo iremos?», le pregunté una vez.

Me respondió que en un par de años y siguió alimentando mis deseos con detalles fabulosos de aquel mundo creado sólo para los aventureros.

En todo eso pensaba sentado sobre la maleta. Miraba la barrera, las gaviotas, las gentes, y a mi padre alejándose hacia el quiosco de la estación para comprar cigarrillos y acaso un par de historietas para mí. Lo vi detenerse e iniciar una charla con unos ferroviarios. Casi todos lo conocían y apreciaban. Llevaba muchos años viajando entre Santiago y Puerto Montt, y ésta era la quinta ocasión en que lo acompañaba.

Los mil ochenta kilómetros desde Santiago a Puerto Montt los hacíamos sin interrupciones. Al llegar alquilábamos un cuarto en una pensión de emigrantes yugoslavos y, al otro día, cruzábamos el Canal de Chacao en el ferry. En Ancud nos esperaba un lanchón canalero y en él viajábamos hasta las islas de los viveros. Allí mi padre negociaba con los vascos cultivadores de mariscos, entre chascarros y maldiciones al gobierno.

Me gustaba ver a los vascos mostrando sus riquezas; los hombres izaban del mar unas trenzas hechas con cuerdas y algas. A ellas se aferraban los mariscos en barbecho, los locos, las cholgas, los descomunales choros zapato, mejillones de sabrosa carne anaranjada y tan grandes como calzado de adulto. Cerraban los tratos echándose unos tragos de chacolí más valiosos que cualquier firma, y así quedaba asegurada la provisión de mariscos de primera clase para el restaurante que mi padre tenía en Santiago.

Durante el viaje de regreso nos deteníamos en varias ciudades, cada una de ellas con sus secretos culinarios. En Chillán, los vinateros, descendientes de gallegos, nos esperaban con sus barricas de aguardiente de orujo, longanizas y chorizos caseros. En Concepción, los productores del áspero vino pipeño. En Linares o San Javier, los buenos mostos de los viñedos arzobispales, o la chispeante chicha, anticipo de los futuros vinos. En Talca, las pavitas jóvenes de las apreciadas cazuelas y las codornices de crianza.

Yo lo miraba hacer. Más que padre e hijo, éramos

amigos. Me gustaba verlo cuando cerraba los ojos catando, como para llevar el secreto ofrecido por el vino hasta un íntimo y remoto rincón del paladar. Luego escupía con un gesto pensativo, un movimiento de cabeza bastaba para demostrar su conformidad, y el trato se cerraba con un apretón de manos. «¿Ves? Al buen vino se lo traga la tierra sin dejar aureola. Te tocará catarlos algún día. Bueno, si quieres seguir con el negocio.»

La risa franca y abierta de mi padre me arrancó de mis pensamientos. Un desconocido lo saludaba efusivamente. Me hizo una seña y me acerqué a ellos.

—Me voy un rato al bar a conversar un vinito con este caballero. Toma —dijo pasándome dos historietas.

Regresé hasta la maleta y medio desganado comencé a hojear las revistas. No estaba mal la elección: una aventura del capitán Brick Bradford y otra de los Halcones Negros. Pero me gustaba leer en el tren en marcha y comiendo avellanas tostadas.

El tren entró lentamente en el andén. Entró marcha atrás y el carro de cola casi rozó la barrera. Un obrero encaramado a la escalinata del último carro alzó una mano enguantada y el convoy se detuvo. Entonces abrieron las puertas y los primeros pasajeros empezaron a subir.

Nosotros teníamos asientos reservados y faltaba media hora para la partida, de tal manera que seguí hojeando las historietas: el capitán Brick Bradford viajando en el trompo del tiempo; junto a él su novia, Dalia, y el incomparable doctor Zarkov, el científico capaz de solucionar todos los problemas.

No percibí la presencia de los dos individuos hasta que los tuve casi encima. El que parecía de más edad trepó primero a la escalerilla y, a medida que subía los peldaños, pude ver cómo estiraba el brazo izquierdo, como si quisiera quedarse así. El brazo, en efecto, se paralizó tras un tirón seco. Entre los dos hombres había una cadena, y el otro, el más joven, permanecía plantado en el andén, estirando también el brazo derecho.

—Vamos. No empieces a complicarme la vida. Sube de una vez —ordenó el que estaba arriba.

—Tengo que ir al baño. Un minuto —respondió el de abajo.

—Arriba. Puedes mear en el carro —insistió el primero.

—Está prohibido usar el retrete con el tren detenido —alegó el otro.

El de arriba cortó la discusión dando a la cadena un fuerte tirón que hizo trastabillar al de abajo. El hombre se movió con agilidad para conservar el equilibrio y, antes de subir, se fijó en mí. Me saludó con una sonrisa, encogiéndose de hombros.

Sin lugar a dudas se trataba de un policía y un preso. Policías había visto muchos, pero ésa era la primera vez que veía a un preso.

Esperando a mi padre, no pude dejar de pensar en el hombre. Se me antojó bueno. No sé por qué. Bueno e injustamente capturado. Tal vez se tratara de un contrabandista. Había oído muchas veces en boca de los isleños una palabra que me sonaba mágica: estraperlo. La empleaban para referirse a misteriosos bultos soltados a la deriva desde embarcaciones sin luces ni pabellón, bultos que más tarde eran recogidos por botes que se hacían a la mar bajo el amparo de la niebla y de la noche.

«Tres tipos. ¡Los hubieras visto! Dos, remando sin descanso, cortando las olas de lado, mientras el tercero le daba duro a la bomba de achique, pues la mar se les metía dentro a cada tumbo. Las olas les impedían llegar hasta el bulto y estaban muy cerca del anillo de arrecifes. Los hubieras visto. Nosotros les gritábamos: "¡No sean locos! ¡Esperen a que pase la pleamar! ¡Se van a matar contra los peñascos!". No escuchaban y seguían remando. De pronto, el de la bomba de achique se lanza al agua y empieza a nadar como un delfín. Aire, dos, tres, cuatro brazadas; aire, dos, tres cuatro brazadas; aire. Hasta que logra llegar hasta el bulto y lo jala de regreso al bote. ¡Los hubieras visto! ¡Qué tipos!, con los huevos bien puestos. Después bogaron mar adentro hasta que se los tragó la oscuridad.»

Siempre hablaban de los contrabandistas con respeto. Con un respeto que me parecía salpicado de admiración y de envidia.

Tal vez fuera aquél un contrabandista que no alcanzó a salvarse en la oscuridad del mar. O tal vez fuera un bandido. Por ese tiempo todavía se hablaba de bandidos nobles en el sur de Chile.

A veces, sorprendidos por violentos aguaceros que nos obligaban a buscar la hospitalidad de los isleños, había oído historias de fascinantes jinetes que vestían largos ponchos de castilla y cabalgaban por los faldeos de las bajas cordilleras, cargaban el «choco», el Winchester de cañón recortado, en la caña de una bota, y pasaban ganado robado en la Argentina por sendas secretas que sólo ellos conocían. Daban propinas más que generosas a quienes les ofrecían albergue o información acerca de los carabineros de frontera. Cuando un recién bautizado recibía de regalo una vaquilla de raza entregada por manos anónimas, todos sabían que el padrino era un bandido. Y todos hablaban de ellos con veneración, esperándoles como a la buena fortuna.

Tal vez el hombre encadenado fuera uno de aquellos jinetes.

No advertí la llegada de mi padre hasta sentir su mano revolviéndome el pelo.

—¿Cazando turururus?

—Estaba pensando.

—Eso cansa. Conozco a tipos con varices en el coco. Ven. Subamos, que ya falta poco.

Subimos, buscamos nuestros asientos y me estremecí al comprobar que estaban justo frente a los dos hombres. Mi padre, al parecer, se había echado unos vinos de más con su contertulio, pues apenas se sentó cruzó las piernas y dejó caer el ala del sombrero encima de los ojos.

El preso volvió a sonreírme. Al ver que yo abría la boca para saludarlo, me indicó con un gesto a mi padre, que respiraba plácidamente, y se llevó la mano libre a los labios sugiriendo silencio. El otro leía un periódico. Lo sostenía doblado en la mano derecha mientras la izquierda reposaba en el asiento. La cadena que los unía brillaba como la piel de un reptil.

En cuanto el tren se puso en marcha, mi padre decidió que no quería dormir. Se quitó el sombrero, lo dejó en la parrilla, y entonces, al buscar los cigarrillos, vio a los hombres y entendió la situación. Me tranquilizó con un guiño.

—¿Fuman también los caballeros? —preguntó estirando la mano con el paquete de cigarrillos.

El que leía contestó con un lacónico «no, gracias» sin quitar la vista del periódico. El preso estiró la mano izquierda, sacó uno, lo golpeó contra el asiento, se lo llevó a los labios y, alzando la mano derecha encadenada, dio a entender que no podía encenderlo. Mi padre raspó una cerilla y, ahuecando las manos, protegió la llama en tanto se inclinaba para darle lumbre. El preso aspiró complacido. Soltó dos gruesos chorros de humo por la nariz y habló:

—Muchas gracias, don. No sabe la falta que me hacía.

Habló con una lentitud que yo nunca antes escuchara, como arrastrando las palabras en un largo viaje a través de todo su organismo antes de llevarlas a la boca.

—De nada. Los pitillos y el vino son para compartirse —respondió mi padre.

Fumaron en silencio mientras el otro continuaba concentrado en la lectura del periódico. Abrí una de las historietas, la de los Halcones Negros, y vanamente intenté seguir el argumento.

No podía.

La presencia del hombre, al que imaginaba remando en una pequeña balandra en medio de la oscuridad, sin sentir miedo ni de la mar embravecida ni de los murmullos de las brujas marinas que vigilan el rumbo del Caleuche, cuidando de que ningún navegante compasivo libere a los tripulantes del velero fantasma de la maldición que los condena a vagar eternamente por los canales, sin alcanzar jamás la ansiada libertad de la mar abierta, o bien cabalgando entre cordilleras escarpadas, con los cascos del caballo envueltos en estopa para no dejar huellas, era mucho más interesante y seductora que todo cuanto podían ofrecerme los aviadores vestidos con uniformes nazis. Además, un algo inexplicable me decía que el hombre se burlaba del policía. Lo despreciaba, jugaba con él mientras esperaba el momento propicio para darse a la fuga. Tuve la certeza de que el hombre tenía compañeros, sí, seguro que los tenía. Fieles compañeros que, al saber de su detención, porque alguien lo había traicionado, bajaron de las montañas disfrazados de campesinos y tal vez en esos mismos momentos planeaban el asalto al tren para liberarlo. Luego ajustarían cuentas con el delator...

Me sorprendí de pronto mirándolo sin querer, y él me prodigó una nueva sonrisa amistosa al tiempo que me sobresaltaba con su voz lenta y bien templada.

—¿Cuántos años tiene, paisano?

—Ca..., catorce —me oí responder en un tono descalificadoramente agudo.

—Mire, representa más. Apuesto a que sabe montar bien a caballo.

Antes de contestar miré a mi padre y por su gesto entendí que podía hacerlo. Sentí ganas de hablarle, de decirle que sí sabía montar, que incluso lo hacía a pelo, en el *Floridor,* claro, un pingo viejo y bueno que me regalaron al cumplir diez años y que cuidaban los parientes en Temuco, pero no alcancé a decir nada pues el otro me interrumpió antes de que abriera la boca.

—Mire, señor. Para evitar complicaciones debo decirle que este individuo es un preso y viaja bajo mi responsabilidad. Está incomunicado y por lo tanto no debe, ni puede, hablar con nadie hasta que el juez diga otra cosa. ¿Nos entendemos?

Mi padre se limitó a encogerse de hombros y el preso me entregó su abierta sonrisa, que entendí doblemente intencionada: amistosa para mí y llena de desprecio hacia el otro.

El viaje continuó en silencio. El expreso Puerto Montt-Santiago no se detenía en los pueblos chicos. Los cruzaba saludando a las vendedoras vestidas de blanco con el vozarrón grave de su pitada.

Habíamos avanzado unos cien kilómetros cuando el preso habló con el policía.

—Tengo que ir al retrete.

—Yo voy primero.

El policía sacó una llave del chaleco, abrió la cerradura de las esposas y liberó su mano; obligó al preso a levantarse y lo encadenó a la parrilla. Enseguida se alejó por el pasillo balanceándose con el vaivén del tren en marcha. El preso intentó sentarse manteniendo la mano alzada, pero la cadena era corta y no consiguió hacerlo. Lo vi crispar la mano libre, humillado, y creo que mi padre también lo vio, porque se puso de pie y le metió en el bolsillo del saco un paquete de cigarrillos.

—Gracias, don. Estos gestos no se olvidan.

—Yo no he visto nada. A mí, que me registren —dijo mi padre tomando el sombrero y echándoselo sobre los ojos.

Al poco rato regresó el policía. Tirando de la cadena acompañó al preso hasta la puerta del retrete.

Toqué el brazo de mi padre.

—Tranquilo.

—Ese hombre, ¿crees que...?

—Tranquilo. La vida tiene muchas vueltas.

—Pero... el otro...

—Tranquilo. Cada uno sabe dónde le aprieta el zapato.

Las primeras sombras de la tarde envolvieron al convoy y dentro se encendieron las luces. Un empleado pasó caminando con movimientos de pelícano mientras anotaba las reservaciones para el coche comedor. No tomamos turno. En breves horas llegaríamos a Chillán, y allí nos recibirían, como de costumbre, con una más que opípara cena. El policía, en cambio, indicó que deseaban cenar de inmediato.

Nos quedamos frente a los asientos vacíos. Mi padre dormitaba y yo luchaba con la modorra que siempre provoca el balanceo del tren. Tenía que estar despierto cuando los compañeros del preso detuvieran el convoy en algún recodo del camino. ¿Cómo lo harían? ¿Robarían a los pasajeros? A nosotros, no. El preso les diría que éramos personas de confiar, les mostraría los cigarrillos que mi padre le diera. No. No robarían a ningún pasajero. «Los bandidos son los últimos caballeros de nación que quedan en la cordillera», le oí decir a un isleño. ¿Cómo serían sus compañeros? ¿Como él, que me trató de usted, con respeto, como a un adulto, y de paisano además? Le bastó con mirarme una vez para saber que yo era un buen jinete, aunque montara nada más que al *Floridor,* ese matungo remolón y noble que jamás corcovea y al que cabalgaba a pelo, tal como me enseñaron los parientes de Temuco, a la chilena, sin inclinar el cuerpo sobre el pescuezo del caballo como hacen los maricas ingleses, sino recto de la cintura para arriba, ofreciéndole el pecho al viento. El preso se dio cuenta de todo eso nada más que con mirarme. Sí. El era uno de aquellos jinetes que cruzan la cordillera de los Andes por pasos secretos, vistiendo largos ponchos de castilla y siempre con el Winchester recortado metido en la caña de una bota. Seguro que sus compañeros eran también hombres valientes, mucho más valientes que el capitán Brick Bradford y que los Halcones Negros, que Sandokán, «el Tigre de Malasia», y que el Coyote, mis parámetros del valor en esos tiempos. Ellos tenían que ser tan valientes como los legendarios hermanos Neira, los compañeros del guerrillero Manuel Rodríguez. Los hermanos Neira, cinco no más, pero que aterrorizaron a las tropas españolas del capitán San Bruno. ¿En qué curva esperarían? ¿Colocarían un grueso tronco atravesando las vías? Seguramente traerían con ellos el caballo del preso, un pingo azabache y nervioso que no se dejaría montar por ningún otro. ¿Y si me llevaba con él? ¿Y si me preguntaba si quería irme con él a la cordillera, allá donde anidan los cóndores? ¿Cómo lo tomarían mi padre, mi madre, mis hermanos?

—Paisano, tenga, se le cayó la revista.

Avergonzado, recibí la historieta y me hice el dormido, pero no dejé de mirarlo por el rabillo del ojo. Pasaban el tiempo y los kilómetros. Sus compañeros no se decidían por el lugar más indicado para el asalto, pero él permanecía tranquilo. Confiaba en sus hombres. Tal vez sabía que ellos esperaban a que avanzara la noche.

La mayoría de los pasajeros dormía. El policía, luego de dar un ostentoso tirón a la cadena, estiró las piernas y se tapó la cara con el periódico. Entonces el preso y yo pudimos mirarnos con entera libertad.

En ningún momento abandonaba su sonrisa amistosa, y en su gesto había algo que me dolía. Deseaba decirle que estaba de su parte y que, cuando sus compañeros lo liberasen, por favor me llevara con él a su mundo de soledad, nieve y ventisqueros, para galopar en caballos no tan dóciles como el *Floridor,* para montar sobre una silla de hombre, para vestir chiripas de cuero y aprender el dulce idioma de las maldiciones. Quería decirle con cuánto amor odiaba el porvenir que me esperaba. Yo era el hijo mayor y con toda seguridad mi padre pondría el restaurante a mi nombre cuando se sintiera viejo, tal como hiciera su padre con él. Quería pedirle que me salvara de ese porvenir ineludible y que veía cada vez más cercano cuando mi padre o algún pariente me preguntaba si no quería ingresar en la escuela de hosteleros. Tenía que llevarme con él para que esa libertad celebrada por todos cada septiembre tuviera para mí un verdadero sentido. Sí. Tenía que llevarme con él. Yo era un buen jinete y siempre le sería leal allá en su mundo de las lejanas cordilleras.

El preso también me observaba, intensamente, tanto que me obligó a bajar la vista para no lagrimear, y al hacerlo vi la empuñadura plateada de un cuchillo de mesa asomada bajo la basta del pantalón. Debí de abrir tamaños ojos que el preso entendió que lo había descubierto, y entonces su mirada cambió, sus pupilas adquirieron otro brillo, frío como la empuñadura del cuchillo, y sigilosamente llevó la mano libre hasta el tobillo, envolvió el arma en la palma de la mano y lentamente la fue subiendo hasta hacerla desaparecer en un bolsillo del saco. Sin dejar de mirarme estiró los labios. Le respondí con un movimiento de cabeza y volvió a sonreír. Entendía que estaba de su parte. Ahora los dos compartíamos un secreto y, aunque sus compañeros no llegaran, conseguiríamos burlar al policía y fugarnos a la cordillera. Sudaba de felicidad y llegué a temer que los latidos de mi corazón me delataran.

—Próxima estación, Chillán. Cinco minutos de detención —anunció la voz del revisor, y yo sentí que le daban un zarpazo a mis sueños.

No. No podía ser. Cuando el preso y yo estábamos a punto de conseguir la libertad. Y ahora, ¿qué haría sin mi ayuda? El esperaba a que el policía estuviera profundamente dormido para ponerle el cuchillo en el cuello mientras yo buscaba la llave y lo liberaba de la cadena. No. No podía ser.

—Chillán. Despierta, que aquí nos bajamos.

No era yo el muchacho que con pasos torpes caminaba por el pasillo hasta alcanzar la puerta. No era yo el que somnoliento bajaba los peldaños de la escalerilla. Era un extraño vestido con mi cuerpo. Yo permanecía frente al preso, avergonzado ante la imposibilidad de defender mis sueños.

En el andén esperaba el bullicioso grupo de amigos de mi padre. Lo abrazaron. Me abrazaron comentando cuánto había crecido desde la última visita, me preguntaban por la escuela, por mi madre, por mis hermanos, si acaso ya tenía novia, si más tarde les recitaría un poema. Pero yo no los escuchaba, no los veía, no estaba con ellos. Todo mi ser y mi emoción seguían en el tren que reanudaba la marcha, lentamente primero, luego rápido, veloz a los pocos segundos, y vi pasar al preso, al jinete de la cordillera, al hombre del cuchillo oculto esperando el momento propicio. Lo vi pasar serio, la sonrisa perdida, como si dijera: «Y yo que confié en usted, paisano. Y yo que pensaba dejarlo montar mi pingo negro».

Durante la cena en casa de nuestros anfitriones, que

como siempre fue abundante, no toqué la comida y permanecí callado o contestando con monosílabos. Recién cuando rechacé la leche asada, mi postre favorito, la atención de los presentes se centró en mí, y uno de ellos, luego de ponerme una mano en la frente, declaró que me encontraba afiebrado. Mi padre me acompañó al dormitorio. Abrió las mantas de la cama y se inclinó para sacarme las botas.

—Un buen sueño te pondrá bien. Yo estaré en el comedor con los amigos. Si necesitas algo, me llamas.

Antes de salir me puso una mano en la cabeza para la caricia de costumbre: revolverme el pelo. Lo esquivé tirándome de bruces a la cama.

—¿Estamos enojados? Anda, dime por qué. Palabra que no entiendo.

Quise decirle que lo odiaba, que por su culpa no había podido ayudar al hombre, que por su culpa tal vez no conseguiría huir a reunirse con sus compañeros en la cordillera, que por su culpa yo nunca conocería esos lugares reservados a los valientes, que por su culpa... Cuanto mayores eran mis argumentos, mayores eran también las fuerzas que los licuaban, transformándolos en un llanto histérico.

Me abrazó, y la proximidad de todo lo que amaba en él, su aroma a tabaco y a loción inglesa, sus «ya pues, viejo, dime qué te pasa, ¿no somos amigos acaso?», consiguieron que el llanto modulara la delación.

—El hombre del tren. Tenía un cuchillo.

—¿Estás seguro?

—Lo vi.

Antes de hablar, me hizo levantar la cabeza y mirarlo a los ojos. Enseguida, con una seriedad desconocida, me explicó que estábamos metidos en una situación grave y que, por muy odioso que fuera, él tenía la obligación de informar a la policía. No respondí. Con la cabeza hundida en la almohada y entre los hipos del nuevo acceso de llanto, lo sentí bajar la escalera.

Ignoro el tiempo que permanecí babeando la almohada. Tampoco sé cuánto tardó mi padre en regresar. Sólo recuerdo que encendió un cigarrillo y me acarició la cabeza.

—¿Sabes lo que haremos mañana? —empezó diciendo—. Pues que volvemos a Puerto Montt, cruzamos a Ancud, alquilamos un velero y nos largamos a vagar una semana por los canales. Acabo de avisarle a tu madre. ¿Qué te parece?

Nos abrazamos con fuerza y, cuanto más lo apretaba, con mayor certeza sentía que ese abrazo era la más triste de las despedidas. Me ardían los ojos, tenía la garganta seca, y desde algún remoto rincón cordillerano me llegó el eco de caballos galopando, destrozando las piedras con sus cascos, caballos iracundos y veloces, caballos tragados por el vaho de los ventisqueros, caballos alejándose para siempre, definitivamente de mis sueños.

Cambio de ruta

El martes 17 de mayo de 1980 el ferrocarril Antofagasta-Oruro dejó la estación chilena emprendiendo un viaje rutinario. El convoy estaba integrado por un vagón postal, otro de mercancías y dos de pasajeros, de primera y segunda clase respectivamente.

Viajaban muy pocos pasajeros, y la mayoría de ellos bajó en Calama, a mitad del largo camino hasta la frontera con Bolivia. Los que quedaron, cuatro en el vagón de primera y ocho en el de segunda, se dispusieron a dormir estirados en los asientos, agradablemente mecidos por el balanceo del tren que con fatigosa lentitud treparía los tres mil y tantos metros hasta llegar a los pies del volcán Ollagüe y al pueblo del mismo nombre.

Allí, los pasajeros que desearan seguir viaje a Oruro debían tomar un tren boliviano, y el expreso Antofagasta-Oruro seguiría unos cien kilómetros más por territorio chileno hasta parar en Ujina, final del viaje. Por qué el expreso se llamaba Antofagasta-Oruro, y no simplemente Antofagasta-Ujina, es algo que nadie entendió jamás y el asunto permanece así todavía.

Era un viaje aburrido. La pampa salitrera murió hace demasiado tiempo y los pueblos abandonados hasta por los fantasmas de los mineros no ofrecían ningún espectáculo digno de mención. Hasta los guanacos, que a veces languidecían de tedio mirando el paso del tren con expresión idiota, eran aburridos. Uno ve uno y con eso los ha visto todos.

De tal manera que dormir a pierna suelta una vez agotadas las botellas de vino y las conversaciones constituía la mejor perspectiva del viaje.

En el vagón de primera viajaban una pareja de recién casados que deseaban conocer Bolivia —planeaban llegar hasta Tiahuanaco—, un comerciante de lencería con asuntos pendientes en Oruro, y un estudiante de peluquería que había ganado el pasaje de ida y vuelta hasta Ujina en un concurso de radio. El futuro peluquero viajaba no muy convencido de si semejante premio recompensaba con justicia el haber respondido bien las veinte preguntas del concurso «El cine y usted».

En el vagón de segunda trataban de dormir un boxeador de la categoría welter que en tres días más habría de enfrentar en Oruro al campeón *amateur* boliviano de la misma categoría, su *manager*, el masajista y cinco hermanitas de la caridad. Las monjas no pertenecían a la delegación deportiva y se quedarían en Ollagüe para hacer unos ejercicios de retiro espiritual.

El tren llevaba a dos maquinistas, el encargado del vagón postal y un revisor.

La locomotora diesel arrastraba el convoy sin contratiempos. Llevaban dieciocho horas de viaje desde que salieran de Antofagasta y bordeaban los primeros farallones que custodian el volcán San Pedro y sus casi seis mil metros de altura. Unas cinco horas más de viaje y entrarían en Ollagüe alarmando a los muerciélagos de los campanarios.

El maquinista al mando vio aparecer súbitamente el banco de niebla y no le concedió importancia. Los bancos de niebla también eran detalles rutinarios, pero, por si las moscas, aminoró la marcha. El otro maquinista dormitaba sentado. Percibió la maniobra y abrió los ojos.

—¿Qué pasa? ¿Los guanacos de nuevo?
—Niebla. Muy espesa.
—Dale no más.

La locomotora entró como un dardo en el banco de niebla y el maquinista descubrió algo desacostumbrado. El rayo de luz del reflector no perforaba la niebla. Se dibujaba redondo, como proyectado contra un muro gris y húmedo. Instintivamente disminuyó la marcha al mínimo y el compañero volvió a abrir los ojos.

—¿Qué pasa?
—La niebla. No se ve nada. Nunca antes vi una niebla tan espesa.
—Cierto. Será mejor detener la máquina.

Así lo hicieron. El tren retrocedió unos centímetros y se quedó quieto.

El maquinista al mando abrió una ventanilla y asomó la cabeza tratando de mirar hacia el haz de luz, pero no vio el vigoroso haz de luz del faro. En realidad no vio absolutamente nada, y alarmado entró de nuevo la cabeza. Al mirar hacia adelante tampoco pudo ver el reflector encendido.

—Mierda. Se nos fundió la bujía.
—Qué diablos. Vamos a cambiarla.

Tomaron una nueva bujía y salieron a la pasarela cargando una caja de herramientas. Los dos hombres portaban linternas de mano. El primero en salir dio dos pasos y se detuvo. Pensó que le fallaba la linterna, mas, al volverla hacia arriba, comprobó que estaba encendida. La luz no conseguía traspasar la niebla, se proyectaba un par de milímetros desde el vidrio y moría.

—Socio, ¿estás ahí?
—Sí, detrás de ti. Pero no te veo.
—Me está entrando julepe. Dame la mano.

Tantearon en la oscuridad absoluta, se tomaron de la mano y, con los cuerpos pegados a la baranda de la pasarela, avanzaron hasta el reflector. Estaba encendido. Al pasar la mano por el vidrio protector, el poderoso haz de luz la tornaba transparente, pero no conseguía penetrar ni un centímetro en la niebla.

—Volvamos. Hay que esperar no más.

De regreso a la cabina de mando, el segundo maquinista accionó las perillas de la radio para comunicar la detención y el posible atraso a la estación de Ollagüe.

—¡Cresta! ¡Por la grandísima cresta!

—Y ahora ¿qué?

—La radio. Está muerta. No funciona.

—No más nos faltaba esto. ¿Qué hacemos?

—Esperar. Y con paciencia.

Las horas empezaron a correr lentas, como en todas las situaciones de incertidumbre. Dieron las cuatro de la mañana, las seis, la hora prevista para llegar a Ollagüe, las siete y se cumplieron las veinticuatro horas desde que salieran de Antofagasta. La niebla seguía igual. Densa, tanto que impedía el paso de la luz diurna, la lacerante luminosidad de los amaneceres andinos.

—Hay que hablar con los pasajeros.

—De acuerdo. Pero vamos juntos.

Tomados de la mano, los dos maquinistas bajaron de la locomotora y, pegando los cuerpos al tren, llegaron hasta el vagón postal. El encargado se alegró al escucharlos y se les unió en pos del vagón de primera clase.

Subieron. El revisor, que se desgañitaba dándole explicaciones al lencero, los recibió con alivio.

—¿Hasta cuándo vamos a estar parados? Me están esperando negocios importantes en Oruro —alegó el hombre.

—¿No se ha asomado a la ventana? ¿No ve la niebla que hay afuera? —respondió uno de los maquinistas.

—¿Y qué? Las vías siguen en el suelo —agregó.

—Sea sensato. Los maquinistas saben lo que hacen —indicó la recién casada.

—Socio, anda a buscar a los pasajeros de segunda. Es mejor que estén todos juntos.

El aludido cruzó al otro vagón, y los primeros en aparecer fueron el boxeador y sus técnicos. El púgil mantuvo abierta la puerta para que pasaran las monjas.

Luego de una corta discusión, que reveló que los recién casados y el estudiante de peluquería eran los únicos dotados de paciencia en el grupo, acordaron qué estrategia seguirían.

Según los cálculos de los maquinistas, se encontraban muy cerca del volcán San Pedro, en un tramo de curvas cerradas que desaconsejaban mover el tren en medio de aquella niebla, pero también era posible que el banco de niebla no fuera demasiado extenso. Tal vez se terminara en la próxima curva y, si era así, estaban dispuestos a reanudar la marcha a la vuelta de la curva. Pero antes debían estar seguros y por lo tanto un voluntario tenía que acompañar a uno de los maquinistas en la caminata exploratoria por las vías. El boxeador se ofreció de inmediato argumentando que le vendría muy bien un poco de movimiento.

Para no verse obligados a caminar tomados de la mano, el boxeador y el segundo maquinista se ataron por la cintura mediante una cuerda, como los alpinistas, y emprendieron la marcha. No alcanzaron a dar un paso y ya los pasajeros asomados a la puerta los habían perdido de vista. Pero la ausencia no duró demasiado. Arrastrando al púgil, que no entendía la decisión de volver, el maquinista regresó hasta el grupo.

—Estamos sobre un puente —dijo el ferroviario.

—¿Qué? ¡Si no hay un solo puente en todo el trayecto! —dijo el otro.

—Lo sé tan bien como tú. Pero ahora estamos encima de un puente. Ven conmigo.

Soltaron al boxeador y los dos maquinistas se unieron por medio de la cuerda.

Los hombres no se veían. La humedad de la niebla tornaba desagradable la respiración.

—Pisa los durmientes. Vamos a dar dos pasos. Listo. Ahora trata de apoyar el pie entre medio de los durmientes.

El otro ferroviario estuvo a punto de perder el equilibrio. El pie atravesó la niebla sin encontrar resistencia.

—La puta. Es cierto. ¿Dónde estamos?

—¿Tienes algo pesado? Quiero saber si hay agua abajo.

—Entiendo. Atento. Voy a botar la linterna.

Esperaron conteniendo la respiración todo el tiempo que pudieron, pero no escucharon el ruido esperado. No escucharon ningún ruido.

—Pues parece que es alto. ¿Dónde estamos?

Regresaron al vagón y sus rostros perplejos enmudecieron a los pasajeros.

Las monjas repartieron los restos de café que llevaban en termos, el comerciante de lencerías revisó su agenda de compromisos, los recién casados se tomaron de las manos, el boxeador se paseó nervioso de un extremo a otro del vagón mientras el *manager* jugaba a las damas con el masajista y el estudiante de peluquería sacó con timidez un radio transistor de su bolso.

—¡Buena idea! A lo mejor hay información del tiempo. Son las siete de la mañana y es hora del noticiero —exclamó uno de los maquinistas.

Se arremolinaron cerca del muchacho y, en efecto, escucharon el noticiero, con incredulidad primero, con desazón luego, y finalmente con resignación ante la evidencia.

El locutor habló del trágico descarrilamiento del ferrocarril Antofagasta-Oruro ocurrido la pasada noche en las proximidades del volcán San Pedro. El convoy, al parecer por un fallo en el sistema de frenado, había saltado de las vías y caído en un precipicio. No había supervivientes, y entre las víctimas se encontraba el destacado deportista...

Se miraron unos a otros en silencio. Ninguno cumpliría sus planes ni llegaría a tiempo a las citas concertadas. Otra invitación inescrutable y ajena al paso del tiempo los convocaba a pasar al otro lado del puente, cuando se levantara la niebla.

Una casa en Santiago

> Apreté muy fuerte los ojos para retenerla, para guardarla dentro de mí, y después los abrí bien grandes para presentarme de nuevo ante el mundo.
>
> Osvaldo Soriano, *La hora sin sombra*

Todo ocurrió muy rápido porque así son las prisas del cielo. Algo se rompió en el aire, las nubes desahogaron su violencia, y a los pocos segundos estaba empapado en el centro de la avenida. De tal manera que troté buscando un lugar donde guarecerme, pensé en llegar hasta la librería El Cóndor, la única librería latinoamericana de Zurich, seguro de que allí sería recibido por la calidez de María Moretti, que se precipitaría a quitarme la gabardina y a ofrecerme un tazón de café mientras me secaba la cabeza con una toalla, pero el temporal arreció y no tuve más remedio que adoptar la actitud de pollos desesperados que caracteriza a todos los peatones sorprendidos por una tormenta.

Entonces, por entre la cortina de agua vi el letrero pegado a una puerta de vidrio:

EXPOSICION FOTOGRAFICA DE C.G. HUDSON
FACHADAS DE CASAS

Entré obligado nada más que por el aguacero y, mientras empujaba la estrecha puerta, pensé en la cantidad de veces que había pasado por esa calle sin percatarme de la existencia de aquella galería, pero eso no me inquietó mayormente; a menudo se abren y cierran galerías de arte en Zurich, como en todo el mundo.

Las fotos estaban colgadas en un salón blanco, la iluminación era óptima, y yo era el único visitante.

Sobre una mesa, los catálogos impresos con sobriedad detallaban la breve vida del fotógrafo:

C.G. Hudson. Londres, 1947-1985. Exposiciones individuales en Dublín, Nueva York, París, Toronto, Barcelona, Hamburgo, Buenos Aires...

A primera vista las fotos me parecieron buenas, aunque esta apreciación no signifique nada. Sabemos que el placer o el bienestar que proporciona una obra de arte proviene de estados de ánimo que convergen por casualidad.

La primera foto mostraba el pórtico de una casa veneciana en el Campo della Maddalena. Los colores eran vivos, invitaban a palpar la textura de la piedra y la aspereza de la madera. Luego venía la entrada de un caserón patricio de la Maria Hilfe Strasse, en Viena. Le seguían una verja enmohecida semiocultando la fachada de una villa romana, la silueta irreal y blanca de una casa en Creta (Aggios Nikolaos), y la piedra altiva y amorosa de una masía catalana (Palau de Santa Eulàlia). De pronto, entre la masía y un edificio estrecho de la calle de los relojeros en Basilea, la maltrecha puerta verde con la mano de bronce empuñando una esfera.

Me acerqué sintiendo que la tristeza modelaba una máscara odiosa en mi rostro. Los pasos me llevaban, no a la fotografía de un lugar o de un objeto conocidos, sino hasta una puerta cuyos interiores secretos me esperaban envueltos en la inclemencia de los años pasados, en la burla del tiempo.

Era la casa. Reconocí el número veinte escrito en un óvalo de latón azul. Al pie de las fotos estaba la leyenda que disipó toda posible duda: «Casa de Santiago. Calle Ricantén».

Un frío desconocido hizo que me temblaran las piernas, y un sudor más gélido aún me recorrió el espinazo. Quise sentarme y, al no encontrar donde hacerlo, opté por quitarme la gabardina mojada y la dejé en el suelo, junto a la mesa de los catálogos.

C.G. Hudson. Londres, 1947-1985...

Hacía muy pocos años que el fotógrafo había muerto y yo sentía la imperiosa necesidad de hablar con alguien, con un empleado, con el director de la galería, con cualquier persona que me diera información acerca de él, y sobre todo que me ayudara a averiguar cuándo tomó esa fotografía.

Vi una puerta que supuse conducía a la oficina del encargado, llamé y, al no obtener respuesta, giré la manilla y empujé con suavidad. Al otro lado, en un cuarto repleto de carteles y útiles de aseo, una mujer escondió avergonzada su termo de café.

—Disculpe, no quise alarmarla. ¿Puede decirme a qué hora viene el responsable de la exposición? Soy periodista y quisiera hacerle unas preguntas...

Me respondió que el dueño de la galería solía ir por las tardes, una media hora antes del cierre, que ella se encargaba de la limpieza y que sólo esperaba a que amainara el aguacero.

Dejé a la mujer y regresé hasta la foto. Como no había nadie más en la sala me atreví a encender un cigarrillo. El tabaco consiguió tranquilizarme. Ya no temblaba, pero la inminencia del cierre de un círculo que creía felizmente olvidado hizo que me sintiera desdichado.

Era la casa. Y, entre ella y yo, el tiempo y algo más.

El color amarillo desteñido del muro, el verde agresivo y cuartelero de la puerta, y la rígida mano de bronce empuñando una esfera eran manchas vergonzosas en la estética de los otros pórticos fotografiados, pero aquella fealdad intencionada me trasladó hasta un aroma de baldosas lavadas que ya casi no habitaba mi memoria, porque la alquimia de la felicidad depende de la justa mezcla de los olvidos.

Fue una tarde de verano cuando crucé el umbral de aquella casa. Esa es la única certidumbre que me queda. Lo recuerdo. Me acompañaban Tino y Beto. Eramos el trío inseparable, los devoradores de lomitos y del alba, los bebedores primerizos del amor y del vino tinto seco y áspero de las peores tabernas, los señores ingenuos del baile y de la noche.

Cada fin de semana se nos planteaba una cuestión de honor: ser invitados a un baile, a una fiesta, a un brillo y, de ser posible, contar también con un trío de amigas nuevas para agotar con ellas largas horas de música y palabras musitadas al oído.

Los mejores programas los proponía casi siempre Beto. Su empleo como lector de medidores en la compañía de electricidad le permitía conocer a mucha gente, y así nos procuraba invitaciones a bautizos, cumpleaños, bodas de plata y otras celebraciones familiares.

Beto... y, dígame, ¿le importa si vengo con un par de amigos? Son dos muchachos muy serios, de buena familia y somos como hermanos, ¿sabe?, como los Tres Mosqueteros, uno para todos y todos para pasarlo bien. Son muy buenos muchachos.

Fue un sábado de verano. Santiago olía a acacios, a jardines recién regados, a baldosas manguereadas convocando al frescor de los crepúsculos de aquella «ciudad rodeada de símbolos de invierno», y nosotros olíamos a glostora, a los chorritos de lavanda inglesa que perfumaban nuestros pañuelos, porque, como señalaba Tino, las mujeres siempre andan pidiendo pañuelos.

Tino... pero ojo, compadres. Atentos, siempre. Gentiles, también, pero sin enamorarse. Los giles no más se dejan agarrar y, si no me creen, miren al Mañungo. Antes nos acompañaba a todas las paradas, hasta que se dejó agarrar, el muy pelotas, y ahora anda como gato mirando pa' la carnicería...

No. No nos enamorábamos. Esa era una curva peligrosa que evitábamos con toda nuestra voluntad, porque si uno llegaba a hacerlo, entonces se rompía la unidad del grupo. Y mujeres las hay muchas, en cambio amigos...

Un sábado, un verano, Beto y Tino.

—Betofen, ¿dónde es la cosa?

—En la calle Ricantén, y promete.

—¿Minitas?

—Vi a dos que están de mascarlas.

—¿Me haces el nudo de la corbata, Betofen?

—Clarín de guerra. Pero Tino, ¡apestas a bencina blanca! ¿Todavía te limpian los pantalones con bencina blanca? Claro, como son de casimir. Todo eso es antediluviano, viejo. Tienes que usar ropa de diolén. El diolén se lava y siempre está impecable, como recién planchado.

—Sí, Betofen. Diolén. ¿Marchamos?

En el camino nos aperamos de cigarrillos, Libertys para nosotros y Frescos para las chicas, que por esos tiempos los preferían mentolados. Compramos además la consabida botella de pisco para los dueños de la casa, tarjeta de honorabilidad que nos evitaba ser incluidos en la lista de los bolseros.

Ricantén, número veinte. La puerta era verde cuartel. La enmarcaba un descascarado muro amarillo y, en la parte superior, tenía una mano de bronce empuñando una esfera.

Beto hizo las presentaciones de rigor, nos dejamos

regalonear con unos vasitos de ponche alabando la mano de la dueña de la casa, examinamos al personal y, a los pocos minutos, ya éramos los capos del baile. Luis Dimas, Palito Ortega, The Ramblers, Leo Dan. Y aplaudíamos a los viejos cuando arremetían con un pasodoble o con un tango.

Al filo de la medianoche el reparto de parejas ya estaba decidido: Beto con Amalia, a la que no soltó en ningún momento, y Tino con Sarita, una chica con lentes que le traducía en voz baja los textos de las canciones en inglés. Yo los envidiaba, aburrido de bailar con calcetineras audaces o con la dueña de la casa, y ya me resignaba a ser el perdedor de la jornada.

Según los reglamentos del grupo, el perdedor estaba condenado a invitar a una ronda de lomitos y cerveza en la Fuente Alemana. Hacía las cuentas del dinero que llevaba conmigo cuando de pronto apareció Isabel, disculpándose por llegar tarde.

Nada más verla me quedé sin aliento. Jamás —y no sé si tengo algún motivo para congratularme por ello— he vuelto a ver unos ojos como los suyos. Más que mirar, parecían atraer, succionar la luz de todo cuanto recorrían, alimentando sus pupilas de un resplandor húmedo y misterioso.

—¿Bailamos? —invité.

—Todavía no. ¿Nos sentamos un ratito?

En el sofá no me quitaba los ojos de encima. Parecía estudiar y medir mis reacciones antes de aceptar un acercamiento mayor. Yo me sentía como un idiota. Incluso el clásico «¿estudias o trabajas?» no me salía de la boca, y finalmente, en el colmo de la originalidad, le pregunté si acaso sabía bailar.

El brillo de sus ojos aumentó. Sin decir una palabra se incorporó, fue hasta la electrola, interrumpió a Buddy Richard y su balada de la tristeza, colocó un nuevo disco con ritmos centroamericanos y, ante la sorpresa de todos, acomodó sobre su cabeza una jarra de ponche y empezó a bailar con un prodigioso cimbrear de caderas y de hombros sin derramar una gota.

Tras dejar el jarrón y agradecer los aplausos, regresó a mi lado.

—¿Y? ¿Te parece que sé bailar?

Las horas siguientes pasaron sin sentirlas. Bailábamos y yo descubría una dimensión desconocida en el lenguaje de los cuerpos. Sentía que verdaderamente se dejaba conducir, que en ella no era una pura formalidad, sino que deseaba que la llevara por caminos de súbitos acercamientos y temporales lejanías. Se dejaba atraer sin resistencia hasta pegarse a mi cuerpo. En una vuelta del baile me abrió el saco para unir sus senos pequeños y duros a mi camisa. Entonces la apreté más y, en las vueltas prolongadas por el balanceo de sus caderas felinas, empujé una pierna entre las suyas hasta sentir el contacto volcánico de su entrepierna. Ella se dejaba hacer, llevar, atraer, con una complacencia que realzaba con sutiles quejidos y con los dedos clavados en mi espalda.

Cuando en un acercamiento percibió la erección que me abultaba el pantalón y soldó su vientre a mi cuerpo, sentí subir como una araña hasta mi cabeza el pensamiento: «Te tengo lista, minita, minita calentona, te tengo lista», pero algo superior hizo que me avergonzara. Entonces sacudí la cabeza, la araña-pensamiento cayó y, en una vuelta del baile, la aplasté bajo un zapato.

Las horas pasaban porfiadas y yo sólo deseaba seguir abrazado a Isabel, sin hablar, girando un *blues* mientras Ray Charles preguntaba quién había al otro lado del muro de su ceguera, pero nadie le respondía porque la unión de nuestros cuerpos y de nuestros alientos nos hacía olvidar todas las palabras, todos los idiomas.

Bailábamos con los ojos cerrados cuando los invitados mayores comenzaron a abandonar discretamente la fiesta, y no tardaron los dueños de la casa en atreverse a interrumpir el *Summertime* de Janis Joplin para señalarnos que ya era muy tarde, que estaban cansados, que muchas gracias por la asistencia y, con esa diplomacia brutal de los santiaguinos, declaraban que calabaza calabaza, cada uno para su casa.

No fue fácil despegarnos.

—¿Nos vemos mañana? —me oí implorar.

—No puedo. El próximo sábado.

—¿Qué tienes que hacer? Pasado mañana entonces.

—No hagas preguntas. No me gustan. El sábado.

—Está bien. ¿Vamos al cine?

—Encantada. Ven a buscarme a las siete.

Salimos a la calle para completar el ritual de despedida.

Alejados unos metros, Tino y Sarita, Beto y Amalia se dejaban envolver por la brisa nocturna. Al ver que se besaban, pegados como lapas, estimé conveniente alejarnos unos pasos. Quise besarla, pero me detuvo.

—No. Nosotros somos diferentes. Volvamos a la casa y te daré algo mejor que un beso.

Entramos nuevamente. La sala estaba casi a oscuras. Olía a tabaco, a pisco, a restos de ponche, a música gastada. Isabel cerró la puerta.

—Date vuelta y no gires hasta que te lo ordene.

De cara a la oscuridad, súbitamente me asaltó por primera vez la certeza del miedo. Un miedo inexplicable. Un miedo cuyo territorio empezaba en la punta de los zapatos y se prolongaba hasta los bordes de un abismo que mi temprana lógica pugnaba por negar.

—Ahora, date vuelta.

Al hacerlo sentí que un millón de hormigas subían por mi piel. Isabel estaba tendida sobre el sofá y las hormigas eran pesadas y gordas. Se había recogido el vestido sobre los hombros cubriéndose la cara, y las hormigas se apoderaban de mi cuello. Estaba desnuda, y las malditas hormigas me asfixiaban.

En la semipenumbra distinguí el brillo de su piel, sus senos pequeños violentamente erguidos, coronados por dos botones oscuros. Entre las piernas me ofrecía un triángulo de tenue musgo, sobre el que caía, como un rocío, el haz de luz que se deslizaba desde la calle. Yo contenía la respiración para que las hormigas me dejaran en paz.

—Ven —susurró ondulando las caderas.

De rodillas, dejé que la firme determinación de sus manos asiendo mi cabeza venciera el deseo de precipitarme. Me dejé conducir como en un viaje aéreo. Isabel me sostenía la cabeza permitiendo que apenas tocara su piel con mis labios, y así me llevó desde sus hombros a los senos, y de su vientre a los definitivos hemisferios de sus caderas. Yo era un dichoso argonauta a la espera de la orden de bajar en el lugar preciso.

Sus manos maniobraron con certeza. Ni una brisa se interpuso en mi descenso encima del valle de vegetaciones onduladas que culminaba en el sendero de sus piernas abiertas para que mis labios buscaran el armónico acomodo antes de probar los desconocidos sabores de su boca vertical y secreta. Y quise entrar en ella. El deseo tapó cada uno de mis poros y determinó el ritmo del corazón y los pulmones para que nada estorbara la lengua exploradora que se abría paso hacia un mar de placer en el que quería sumergirme, para nadar luego hacia arriba, porque intuía que la dicha se encontraba al otro lado de esa cavidad humedecida por sus movimientos y mis caricias. Quería entrar en ella, entrar a como diera lugar. Tal vez en aquel momento empecé a saber que el amor es una ingenua tentativa por nacer de nuevo.

—¿Te gusto? —preguntó de pronto.

—Te amo —respondí apropiándome por primera vez del verbo.

—Entonces ven el sábado y me amarás más todavía —aseguró levantándose con un enérgico salto.

El vestido cayó sobre su cuerpo con un movimiento de cascada que arrasó las últimas hormigas.

Salí de la casa flotando en un aire liviano. Mis pensamientos eran una mezcla de sabores, luces, colores, aromas, melodías. Charles Aznavour repetía Isabel Isabel Isabel porque yo se lo ordenaba, y la certeza de saber que el Mar Muerto es tan salado que los cuerpos no consiguen hundirse contribuía a mi felicidad. Sentía frío, calor, miedo, alegría, todo junto y al mismo tiempo.

Tino y Beto me esperaban en la esquina y también se les notaba felices. No cesaban de brincar y darse palmaditas en la espalda.

—¿Cómo nos caerían unas pílsener? —propuso Beto.

—¿Qué le hace el agua al pescado? —respondió Tino.

—Conforme. Yo invito —agregué.

Entre los dos me tomaron de los brazos y me hicieron correr en el medio.

—¿Y? Suelta. ¿Qué tal se despide la Chabelita? —preguntaron a dos voces.

—No sean huevones —respondí zafándome.

Seguimos caminando en silencio. Yo, ofendido con ellos y ellos, conmigo. Por fortuna encontramos pronto un bar abierto y la ronda de cervezas se encargó de borrar toda aspereza.

Santiago. ¿Cuántos años han pasado? Santiago. Ciudad, ¿estás ahí todavía, entre los cerros y el mar, «rodeada de símbolos de invierno»?

Pasarlo bien, hacer conquistas no era en sí tan importante como el poder comentarlo con los amigos. Tino y Beto hablaban de sus recientes levantes.

—¿Se fijaron? De entrada, mirada a los ojos, y a la lona.
—Debe de ser cosa del diolén, Betofen.
—En serio. Yo tengo mi estilo. Marlon Brando es una alpargata comparado conmigo.
—Bueno, si es por hablar de estilo, el mío tampoco es de tercera. En el primer baile me di cuenta de que a Sarita se le derretían los helados por este pecho.

Yo los escuchaba en silencio. No podía ni quería hablarles de Isabel. Por primera vez descubría el valor del silencio. La palabra intimidad me golpeaba la boca y aceptaba de buena gana el castigo.

Ellos hacían planes para el día siguiente. Habían acordado juntarse con las chicas para lo de siempre: cine, *hot-dogs* en el Bahamondes, copetín en el Chez Henry, y luego el paseíto bajo las sombras cómplices del cerro Santa Lucía, «tan culpable por las noches, tan inocente de día».

El domingo fue insoportable. Estuve todo el día en calzoncillos y encerrado en un mutismo que asombró a mis viejos. Por la tarde vi pasar a mis amigos camino de sus citas, me comió la envidia y terminé encerrándome a leer una novela de Marcial Lafuente Estefanía, *Yo que tú no lo haría, forastero*, a sabiendas de que sus vaqueros no conseguirían alejarme de Isabel.

Domingo, lunes, martes. La semana transcurrió en medio de una lentitud desesperante. Las horas de clase se prolongaban hasta extremos insoportables y las tardes de fumar parados en la esquina perdieron su encanto.

La esquina. Nuestra esquina. Las gradas de la carnicería, nuestro pequeño gran anfiteatro de adoquines gastados, en el que, insensibles, presenciamos tantas veces el espectáculo de los sueños rotos por la vida diaria, o revisamos nuestro repertorio de recuerdos frescos para un público de perros amistosos, o de niños porfiados que querían ser como nosotros. La esquina iluminada por un farol del alumbrado público que proyectaba nuestras sombras de reptiles fugaces hasta hacerlas caer por el mismo desagüe que se llevaba las colillas hacia un mundo oscuro, subterráneo, y no por ello menos nuestro. La esquina. Ese lugar marcado una y mil veces por nuestra presencia de machos tempranos. La esquina. Sala de mandos, mesa de operaciones, ruleta, confesionario de aquella trinidad de pájaros que no alcanzaban a prever la catástrofe que aguarda al final de los primeros vuelos, no sirvió para paliar la creciente ansiedad de piel y encuentro, hasta que por fin llegó la mañana del tan esperado sábado.

Lo primero que hice fue visitar al peluquero.

CACERES
ESTILISTA DE CABALLEROS. CORTE Y AFEITADA

—Americana redonda y bien marcadas las chuletas, por favor.

«Al estilista Cáceres. Diploma de Honor. Primer Concurso Internacional de Peluqueros. Mendoza, Argentina.»

—¿Y el jopo? ¿Cómo quiere el jopo? ¿A lo Elvis?

«Al estilista Cáceres, con cariño. Nino Lardy, la voz chilena del tango.»

—No uso jopo. Me peino con gomina, a lo bife, ¿entiende?

CACERES
MASAJE CAPILAR GARANTIZADO
NO HAY PELADO QUE SE ME RESISTA

Lustré los zapatos hasta conseguir que el cuero trinara como un canario. Me vestí prolijamente. Tomé prestada la mejor corbata de mi viejo, que me observaba desde el retiro espiritual de su análisis hípico, y envuelto en un aroma de lavanda inglesa me lancé al encuentro de Isabel.

Iba nervioso. En la micro noté que algunas mujeres se daban la vuelta a mi paso y murmuraban socarronas. «Seguro que se me pasó la mano con la lavanda, pero con el aire se quita. Y si a alguno se le ocurre decirme maricón con olor a puta, le rompo el hocico. Seguro.»

En el mismo negocio en que lo hiciéramos el sábado anterior compré cigarrillos y, poco antes de llegar a la calle Ricantén, aproveché los espejos de una vitrina para revisar el nudo de la corbata y la peinada. Estaba impecable, y así me largué a caminar en busca del número veinte.

Catorce, dieciséis, dieciocho, veinte... ¿Veinte?

Bajo el número veinte encontré una casa gris con los muros agrietados por el último terremoto. Una casa con mampara tipo inglés y ventanas protegidas por barrotes de hierro.

Pensé que me había equivocado de calle. Era posible, no estaba en mi barrio, y retrocedí hasta la esquina para leer el letrero de latón.

Calle Ricantén. ¿Qué diablos pasaba?

Luego se me ocurrió que tal vez, en mi ansiedad, me había confundido de número: era el ciento veinte, es decir una cuadra más arriba, y caminé rápido sin preocuparme por el sudor que amenazaba con arruinar la peinada y el cuello de la camisa.

Bajo el número ciento veinte tampoco estaba la casa amarilla, la puerta verde cuartel y la mano de bronce empuñando una esfera. Tampoco la encontré bajo el doscientos veinte, y más adelante terminaba la calle.

No entendía nada. Quería maldecir, putear, llorar, patear el semáforo, gritar que algo o alguien me estaba estafando, y así, solté el nudo de la corbata, me desabroché el cuello de la camisa y me planté frente a la casa bajo el número veinte.

Llamé, y una veterana de evidente mal humor abrió la puerta, dejando el espacio apenas necesario para asomar la cabeza.

—Disculpe, ¿vive aquí una señorita de nombre Isabel?

La veterana negó con sequedad y cerró la puerta.

Llegué a abofetearme la cara en un intento por recuperar la realidad perdida. La realidad era la casa que no estaba, los vecinos sacando sillitas de mimbre y mesas ratonas para disputar partidas de brisca bajo los acacios. La realidad era la ausencia de los muros amarillos, de la puerta verde cuartel y de la mano de bronce empuñando una esfera, todos esos detalles que en algún lugar del mundo esperaban inútilmente mi llamada.

No puedo precisar cuántas veces recorrí la calle atisbando por las ventanas, tratando de reconocer la sala de la fiesta, las lámparas, el sofá sobre el que Isabel tendiera la negligente promesa de mi felicidad, fumando sin pausas, hasta que un nudo en la garganta y el paquete vacío crepitando en una mano me indicaron que lo más sensato era aceptar la derrota y regresar a casa.

Así lo hice, y para no evidenciar el fracaso ante mis viejos entré en el primer cine que se me cruzó en el camino.

Volví a casa muy tarde. Entré sin encender las luces y me encerré en mi cuarto. No podía dormir. Necesitaba repasarlo todo una y otra vez, a ver si encontraba una respuesta.

A eso de las dos de la mañana escuché las notas de

nuestro silbido clave. Eran Tino y Beto que regresaban de una fiesta con nuevas conquistas para el día siguiente. Me convocaban para compartir sus triunfos y para que yo les contara el mío, aunque la cita con Isabel la habían considerado una pequeña traición a los intereses del grupo.

Dejé que la llamada se repitiera dos veces antes de salir.

—¿Cansado el hombrón? ¿Te sacó el jugo la Chabelita? —preguntó Beto.

—Vamos a la esquina. No quiero despertar a los viejos.

—Esa cara de lunes... No me digas que te dejó plantado —consultó Tino.

—Imposible. La cita era en la casa —agregó Beto.

—Les cuento si prometen no subirme al columpio. En serio. No tengo ganas de ser material de hueveo.

En la esquina, nos sentamos en las gradas de la carnicería. Beto ofreció una ronda de cigarrillos.

—Bueno. Desembucha. ¿Qué pasó? —preguntó Tino.

—Nada. No pasó nada. Nada.

—¿Cómo que nada? —insistieron a dos voces.

Por primera vez sentí que no los quería, que no los necesitaba y que mi derrota era personal, íntima. La gran derrota del delantero que pierde el penalti decisivo en el minuto noventa.

—Nada. O sea..., putas..., nada. No encontré la casa. Me perdí. Equivoqué la dirección. Qué sé yo.

Los tres permanecimos en silencio. No se oía más que el chupar de los cigarrillos y me maldecía por haberles dicho la verdad.

—Oye, si era muy fácil. Ricantén, número veinte —apuntó Beto.

—¿Estás seguro? ¿Era ésa la calle?

—Pero claro, viejo. La semana pasada llegamos jun-

tos. Juntos buscamos la casa y juntos la encontramos. Mira, reconstruyamos el escenario del crimen: nos bajamos de la micro en Portugal y Diez de Julio. En la esquina compramos puchos y «la consabida», luego caminamos un par de cuadras y ya estábamos. Además, la calle Ricantén es muy corta —terminó de precisar Beto.
 —Hice lo mismo y no encontré la casa. Bajo el número veinte había otra.
 —Un momento. Los que alguna vez padecimos meningitis y no nos recuperamos del todo pedimos una pausa informativa. ¿Te acuerdas de cómo era la casa? —preguntó Tino.
 —Cuál casa, ¿la de ahora?
 —No, pelotas. La casa de la fiesta.
 —Amarillo caca, con una puerta verde y una aldaba de bronce.
 —¿Y qué diablos encontraste hoy?
 —Una casa gris ratón, con mampara.
 Beto ofreció otra ronda de cigarrillos, mientras Tino, aguantando la risa, empezó a tararear las pelotas las pelotas, las pelotas de carey, a sesenta las de burro y a setenta las de buey.
 Hice amago de levantarme, pero Beto me sujetó de un brazo y ordenó a Tino que callara.
 —Sin enojarse, viejo. ¿Le hiciste a los copetines antes de salir?
 —¡No preguntes huevadas!
 Se produjo otro largo silencio apenas interrumpido por las chupadas o por el paso de algún auto en la avenida cercana. Tino juntaba cenizas en la punta de un zapato.
 —Bueno. A veces pasa que uno se confunde, se equivoca, va para otro lado en vez de...
 —¡Pero yo no me equivoqué! Estuve en la calle Ricantén. Leí cincuenta veces la lata con el nombre. La re-

corrí entera por las dos veredas y en ninguna parte encontré la casa.

—Tómalo con calma. Te equivocaste. Te metiste en otra calle, posiblemente de nombre parecido. A mí también me ha pasado en barrios que no conozco. No tomes más caldo de cabeza —aconsejó Beto.

—No me equivoqué. Se lo repito. ¿O creen que se me corrió una teja?

—Una casa no desaparece de una semana a la otra. Y si la hubiesen demolido, por lo menos estaría el solar. Descartemos también los terremotos, pues, que yo sepa, en la última semana no hemos tenido ninguno —ironizó Tino.

—Váyanse a la mierda.

—Te estás poniendo difícil, chiporrito. Será mejor que lo dejemos aquí y lo consultemos con la almohada —cortó Beto.

Me dejaron solo, sentado en las gradas de la carnicería. Allí permanecí con la cabeza agarrada a dos manos hasta que la presencia de unos gatos oliéndome los pantalones indicó la proximidad del alba. Les tiré un par de patadas que no dieron en el blanco, los gatos me miraron con desprecio y decidí que lo mejor era regresar a casa.

Dormí hasta pasado el mediodía, hasta que me despertaron los silbidos de Tino, pero me negué a salir declarándome enfermo. Almorcé en cama la odiosa y clásica sopa de pollo que mi madre preparaba como complemento insustituible al hecho de estar enfermo, y durante la tarde conseguí alejar la espiral de pensamientos atormentados gracias a la ayuda cuadriculada del *puzzle* dominical de *El Mercurio*.

El lunes me declaré sano, asistí a clase y en los días siguientes hice algunos intentos por llegar hasta la casa extraviada, pero siempre me detuve antes de llegar a la calle Ricantén. Tenía miedo. Un miedo confuso de comprobar que la casa existía y que el sábado me había perdido quién sabe en qué misteriosos vericuetos de la ciudad. Pero sentía mucho más miedo de alcanzar la certidumbre de la inexistencia de aquella casa y de que todo lo anterior, el baile, Isabel, el sabor de su cuerpo, las hormigas, el deseo, formaran parte de una maquinación incomprensible.

Un sueño aumentó mi miedo.

Creo que fue la noche del miércoles cuando soñé que llegaba a casa para el almuerzo y veía a mi madre disponer sólo tres cubiertos en la mesa.

«¿Papá no viene a almorzar?»

«¿Quién?»

«Papá. Te pregunto si no viene a almorzar.»

«Estás equivocado. Siempre hemos sido tres en esta casa. Tu hermano, tú y yo.»

«No es cierto. Papá estaba con nosotros anoche para la cena. Ese es su sitio, junto a la radio.»

«Deliras. Siempre hemos sido tres en esta casa.»

Temblaba ante la idea de que la casa extraviada fuera el inicio de una serie de desapariciones, y al ver a Lalo, el majareta, el loco del barrio, el mocetón fornido, de edad imprecisa, caminando con la boca abierta y la mirada perdida, sin hacer caso ni de las moscas que se disputaban sus babas, ni de los insultos y las piedras que le lanzaban los niños, me preguntaba si acaso su locura no habría empezado también con un paraíso perdido que el pobre idiota seguía y seguía buscando.

Recién el viernes volví a ver a mis amigos o, mejor dicho, ellos vinieron a verme.

—Somos portadores de buenas nuevas. Betofen se ha topado con cierto pajarito. ¿Captas? —dijo Tino a manera de saludo.

—¿Isabel?

—¡Correcta la respuesta del concursante! ¡Se gana una camotera! —exclamaron y me molieron la espalda a manotazos.

—Bueno. Castigo aceptado. Suelten.

—Epa. ¿Así no más? ¿Sin anestesia? ¿Te das cuenta, Tino? Se cree Speedy González. Te soltamos las novedades bajo tres condiciones. Primera: ¿no hay nada potable en esta casa?

Como siempre, la licorera de mi viejo pagó el pato. Salí del cuarto y regresé con una botella de pisco y vasos.

—Lamento decirles que se acabaron los limones y habrá que beber a sangre fría. ¿Cómo sigue el chantaje?

—Exportación. ¡Cómo sufre tu viejo, cómo se castiga! —Tino alababa el pisco chasqueando la lengua.

—Segunda, como dicen los chalchaleros. Tienes que reconocer con hidalguía que eres más huevón que el tipo al que se le arrancaron las tortugas, porque en caso contrario tendríamos que aceptar que las casas se esfuman, se pierden, se las llevan los hombrecitos verdes, en fin, así no más, plop, y se desvanecen.

Reían de tal manera que terminaron por contagiarme.

—De acuerdo. Me equivoqué. Soy huevón y medio. A lo mejor necesito lentes o una brújula.

—¿Una brújula? ¿Una viejújula sentadújula en una escobújula? —chilló Beto.

—Yo creo que le contagié los resultados de la meningitis —indicó Tino.

Sudábamos de tanto reír, yo sentía que los quería, que los necesitaba. Eran mis amigos. Mis hermanos.

—Desembuchen de una vez, huevones pesados.

—Sin ofensas. Estamos entre caballeros. La tercera condición es que no hagas más citas los sábados, a no ser que te propongas violar los reglamentos del club de Tobi.

—Prometido. Los sábados son del club.

—¡Cómo se sufre por estos pagos! ¡De mascarlo, el pisquito! Anda, Betofen, cuéntale cómo, dónde y cuándo la viste. ¿No le ves la cara de martirio?

—Con calma. No quiero ser responsable de un infarto. Para las orejas: me topé con ella a boca de jarro en el portal Fernández Concha, en el preciso momento en que me dirigía al Ravera con la intención de degustar una pizza, ustedes saben, ese aporte culinario de los bachichas, compuesto de masa, queso y tomate.

—Y orégano —señaló Tino.

—No me digas. ¿También llevan orégano?

—Seguro. Para el aroma.

—Mira como siempre se aprende algo nuevo.

—Métete la pizza en el culo.

—Paciencia. Con paciencia y salivita un elefante se tiró a una hormiguita. ¿Sigo? No me dejó tiempo ni de saludarla y ya estaba preguntando por ti, y, escucha, pelotas; ella no sabe que faltaste a la cita, bueno, por lo que sabemos. No pudo esperarte en casa porque la obligaron a visitar a un pariente enfermo. Habría que matar a esos parientes hincha bolas. Me preguntó si acaso estabas enojado y naturalmente le contesté que sí, que odias a la gente incumplidora, a los que dejan plantado al prójimo en una esquina con un ramo de flores y cara de pescado. Qué te digo, viejo. Se derritió en disculpas. Incluso dejó caer un par de lagrimones y me pidió que te dijera que te esperaba este sábado a la misma hora, ¿y sabes qué le respondí? «Lo siento, Chabelita, pero me parece que tiene un compromiso ineludible para el sábado.» Se puso pálida la minita, pero insistió proponiendo el domingo. Entonces yo saqué pecho y le hablé con voz de catedrático: «Chabelita, el domingo es un día que consagramos al deporte. Se habrá dado cuenta de que somos muy sanos, ¿no?, muy deportistas, pero se lo diré de todas maneras, quién sabe si puede hacerse un tiempito para ir a verla». ¡Suertudo de mierda! ¿Qué le hiciste a la minita? Y ahora afírmate los pantalones que viene la parte más dramática: me escuchó atenta, me tomó las manos y con los ojos bañados en lágrimas me rogó, ¡me rogó, viejo!, con tanta pena que me sentí medio avergonzado por las miradas que me lanzaban los paseantes. En una de esas pensaban que le estaba haciendo algo malo a la minita. Me rogó: «Dígale que lo espero el domingo a la hora que pueda, a las cinco, a las siete, más tarde. No me moveré de casa. Dígale por favor que vaya». ¿Eh? ¿Cómo me porté?

Le arrebaté la botella a Tino y llené los vasos.

—¡Putas que eres buen chato, Betofen! ¡Te las mandaste! ¡Salud, compadres!

—Pero esta vez apunta bien la dirección. Ricantén, número veinte, ¡saco de huevas! —dijeron a coro y se marcharon.

Cuando somos jóvenes confiamos en las cadenas lógicas, y en ese momento sentí que la mía reunía de nuevo todos los eslabones. Pasé el resto del tiempo contando las horas que me separaban de Isabel. Una y otra vez repasé mentalmente el camino que me llevaría a ella, hasta la comprobación de que no era un imbécil. Llegaría. Esta vez llegaría.

«Veamos. Tomo la micro en la esquina de Vivaceta con Rivera, en el paradero de las que van para el centro. Primer detalle importante. Conmigo arriba, la micro avanza hasta llegar a la calle Pinto, dobla a la izquierda y sigue un tramo recto de cuatro cuadras pasando frente a farmacias, fuentes de soda, botillerías, fábricas de helados y la jabonería de don Pepe, el español que siempre se enoja cuando alguien entra a su boliche. Don Pepe, medio litro de cloro. Joder, no son horas de venir por medio litro de cloro. Don Pepe, una barra de jabón Copito. Joder, si es que no me dejan escuchar en paz la puñetera zarzuela de los jueves. Don Pepe. Otro detalle importante. Pasada la jabonería llegaré a la avenida Independencia y puedo bajar allí si quiero, pero es mejor seguir arriba unas cuadras más y hacerlo frente a la iglesia de los carmelitos. Bajo. Detalle importante. Camino hacia la cordillera cruzando la Pérgola de las Flores, camino rápido conteniendo la respiración para no contagiar mi amor con aromas de muerte. Al llegar a la avenida Recoleta, me detengo frente al cuartel de los bomberos. Espero y subo a una micro del recorrido Portugal-El Salto que vaya para el sur. Detalle importante. Conmigo arriba, la micro cruzará el centro de la ciudad por la calle Mac Iver. Al llegar a la Alameda, frente a la Biblioteca Nacional, doblará a la izquierda y podré ver los jardines del cerro Santa Lucía y la piedra carta de don Pedro de Valdivia. Todo eso quedará atrás cuando la micro vire hacia el sur por la calle Portugal. A la altura del setecientos toco el timbre, ese curioso mecanismo compuesto por una campanilla de bicicleta y una piola que se extiende de punta a cabo del vehículo. Bajo en la esquina de Diez de Julio. Detalle importante. Retrocedo una cuadra hacia el norte y luego camino dos hacia el poniente. Ahora sí que llegaré. Bajo el número veinte de la calle Ricantén encontraré la casa amarilla, la puerta verde y la mano de bronce empuñando una esfera. Llamaré tres veces y será Isabel la que abrirá. Isabel. Más tarde le contaré lo sucedido. Más tarde. Al salir del cine Gran Palace. *Lawrence de Arabia* creo que pasan. El Gran Palace, ese cine tan bonito y fresco, con los muros adornados con esputniks que parecen flotar en el cosmos durante el juego de luces previo a la función. O tal vez no se lo cuente nunca. Sería estúpido. No me creería. O tal vez sí se lo cuente cuando estemos casados. ¿Casados? Calma, muchacho. ¿Me casaré con Isabel? Calma, muchacho. Calma. Claro que primero tengo que terminar los estudios. ¿Cómo lo tomarán Tino y Beto? Me caso, compadres, me llegó la hora en la que mueren los valientes y queremos que ustedes sean los padrinos. Isabel. Qué flor de fiesta haremos. Calma, muchacho. ¿Casarse? A lo mejor es cierto lo que afirma Tino y nada más que los giles se dejan agarrar. ¿Seré un gil? ¡Y qué me importa!»

El domingo me sorprendió despierto mucho antes de la llegada del alba y, a la hora del desayuno, no paraba de hablar, ante la sorpresa de mis viejos.

—Tranquilo. Te puedes volar un dedo con el cuchillo —aconsejó mi viejo mientras abríamos las almejas dominicales.

Las devoraba una tras otra sin dejar de comentar lo ricas y frescas que estaban. Las almejas se retorcían al recibir las gotas de limón.

—Es de dolor —indicó mi madre, enemiga de los mariscos crudos.

—Qué va. Si les gusta. Mira cómo bailan —porfiaba yo.

Los viejos se miraban, hacían comentarios acerca de las fiebres de los dieciocho años, y mi hermano menor lamentaba tener un cretino en la familia.

A eso de las cinco de la tarde desperté de la siesta. El calor había amainado un poco, los viejos y mi hermano devoraban una sandía bajo el parrón, en tanto yo disponía sobre la cama los atuendos de caballero galán, es decir el uniforme de chileno.

Los pantalones gris marengo impecablemente planchados, la camisa blanca con las ballenitas metidas en las puntas del cuello, el saco azul marino, y la corbata Oxford, reciente regalo de mi tío Aurelio y que, según sus palabras, hacía que me viera más elegante que un caballo de carreras. Todo se completaba con los zapatos relucientes y los tres pañuelos de rigor: el blanco, perfumado, en el bolsillo superior del saco, doblado de manera que mostrara tres puntas compadritas y que siempre estaba a disposición de las damas, el del bolsillo izquierdo del pantalón, que era personal, para los mocos, y finalmente el del bolsillo trasero, que servía de repuesto, para sacudir el polvo de los asientos, o para repasar el brillo de los zapatos.

—Las citas domingueras son graves —dijo mi viejo metiéndome un billete al bolsillo.

—No llegues tarde. Mañana tienes clase —apuntó mi madre, siempre realista.

El recorrido se cumplió tal como lo imaginara, cuadra tras cuadra, detalle tras detalle, hasta que bajé de la micro en Portugal con Diez de Julio. Entonces vi al extranjero.

Era un tipo de larga cabellera rubia y tez muy pálida, que, con sus *jeans* desteñidos y su campera, se me antojó terriblemente mal vestido. De un hombro le colgaba un bolso de fotógrafo.

En la esquina, esperando a que el semáforo autorizara el paso, me situé detrás de él y lo vi secarse el sudor con un arrugado pañuelo. Cruzamos la calle y lo vi entrar al mismo boliche en el que pensaba comprar cigarrillos, de tal manera que lo seguí. En un español cortado por las dudas pidió cigarrillos sin filtro.

—¿De qué marca? —consultó el dependiente.

—No lo sé. De los más fuertes —indicó.

—¿Rubios o negros? —insistió el dependiente.

—Dele Libertys, son los mejores —me entrometí.

El extranjero me lo agradeció con un gesto, recibió los cigarrillos y se llevó las manos a los bolsillos. Pasados unos segundos se disculpó por no encontrar el dinero, y entonces puso el bolso encima del mostrador. Lo abrió. En el interior había dos cámaras, tomó una pequeña carpeta que contenía papeles y fotos, y buscó hasta encontrar unos billetes. Pagó y, cuando metía la carpeta nuevamente al bolso, una fotografía cayó al suelo. Me incliné a recogerla.

Era Isabel, o parte de ella. Reconocí el vestido, sus piernas, sus brazos y el sofá en el que estaba sentada: era el mismo en el que tendiera para mí la más dulce de las promesas. Era Isabel, aunque su rostro no se veía, velado por una mancha de luz. Le devolví la foto y salimos juntos del boliche.

En la calle, vi que sus manos temblaban y que era incapaz de encender un cigarrillo. Le di lumbre y acepté uno de sus puchos. Empezamos a caminar casi hombro con hombro.

—Tú..., ¿cómo se dice?..., ¿conoces por aquí?
—Poco. Muy poco. ¿Qué calle buscas?
—¿Qué calle? Eh..., Ricantén..., así se llama.
—Ricantén. Yo también voy para allá.
—Qué bueno. Entonces vamos juntos.
—Vas a ver a la chica de la foto, ¿verdad?
—Tú..., tú..., ¿la conoces?

¿La conocía? Llevaba su olor, su sabor más secreto metido en mí, las formas de su cuerpo, su voz, su invitación a ser dichoso, pero ¿la conocía?

—Se llama Isabel.
—Mira..., tenemos que hablar... Tú y yo tenemos que hablar, ¿comprendes? —dijo secándose el sudor de la frente.
—Vas a decirme que buscas una casa amarilla con una puerta verde.
—¡Sí! ¿Conoces la casa? ¡Di que conoces la casa!
—Con una mano de bronce empuñando una esfera.

Entonces el extranjero se llevó las manos a la cara. Luego las bajó y había algo que imploraba en su mirada.
—Mira..., vamos juntos..., es ridículo pero...

—Tienes miedo de no encontrar la casa.

El extranjero intentó tomarme por las solapas del saco, pero fui más rápido y huí. Huí. Corrí a todo lo que me daban las piernas. Y al fin, extenuado, me senté en el banquillo de un lustrabotas. Tenía los zapatos limpios, pero dejé que el hombre los embetunara rogando que su trabajo durase horas.

Algo se rompía. Delicadamente, algo se rompía. Una mano invisible trabajaba en mi rostro modelando la máscara definitiva que habría de encontrar en todos los espejos.

El lustrabotas golpeó las suelas indicando que había terminado. Pagué y despreocupadamente eché a andar hacia la calle Ricantén.

La casa gris, la mampara tipo inglés, el timbre y su gastado pezón de baquelita no me sorprendieron. Pasé una sola vez frente a la puerta y luego caminé sin rumbo hasta encontrar un cine.

Motín a bordo. Mientras Marlon Brando se ganaba el amor de Tarita, yo ocupaba una butaca de la fila delantera para asegurarme la soledad, y allí lloré el primer llanto de hombre, presintiendo que se me abría un camino plagado de dudas, fracasos, dichas efímeras, los materiales de la catástrofe que, sin embargo, hacen posible la odiosa fragilidad del ser. Lloré con suavidad, casi con método, con un llanto que me mostraba en visión retrospectiva un sendero de dieciocho años recorrido de sorpresa en sorpresa y al que jamás regresaría. Lloré con un llanto que mezclaba el primer dolor de lo que no pudo ser con la porfiada dicha de lo hermoso que hubiera sido, en la superficie blanca y perfumada del pañuelo.

No volví a ver a mis amigos. El silbido clave, la llamada de Tino y Beto, se repitió durante varias noches, pero me negué a salir. Por las mañanas abandonaba la casa muy temprano y regresaba lo más tarde posible. El silbido se tornó cada vez más tenue, débil, desganado, hasta que desapareció reemplazado por el aire del otoño, las nieblas del invierno, por los ruidos de los autos, por las voces de los niños que crecían y se adueñaban de la calle y de la esquina.

En ciertas ocasiones los vi salir juntos de algún bar, pero los esquivé, alejándome.

Con la sucesión vertiginosa de los calendarios llegaron nuevos amigos, nuevas formas de alegrar las noches y agotar el tedio. A veces, al pasar por la esquina —nuestra esquina—, las gradas de la carnicería me dolían como un muerto reciente. Pero lo olvidaba rápido. Muy rápido. Los caballos desengañados no miran a los costados del camino.

Sí. Esa era la casa.

Mirando la fotografía pensaba en el patético laconismo de la biografía de C.G. Hudson.

¿Tomó Hudson la fotografía la primera vez que vio la casa? ¿O lo hizo luego de nuestro efímero encuentro? Tino y Beto, ¿se encontraron nuevamente, alguna vez, con las chicas de la fiesta? ¿Y los dueños de la casa? ¿E Isabel? ¿Fue todo un juego de dioses aburridos? ¿Hizo Hudson la foto antes de entrar por segunda vez en esa casa sintiendo que debía dejar un testimonio? ¿Fue Isabel la más bella negación de los sueños?

La mujer de la limpieza me rescató del pozo autista al decirme que el encargado de la galería no vivía lejos y que, si era importante para mí, ella podía llevarme.

Le agradecí indicando que no era necesario, que me bastaba con la información del catálogo.

La gabardina seguía empapada. Me la puse sobre los hombros y salí a la calle. Ya no llovía. El cielo de Zurich se mostraba diáfano y transparente. Tenía la misma nitidez de la fotografía de Hudson, que al cabo de tantos años me entregó una disculpa, no sé, ni quiero saberlo, si de la felicidad o de la desgracia, por haberme mandado una invitación tal vez demasiado apresurada, o tal vez a un destinatario equivocado.

Contestador automático

«Buenos días. Habla con el contestador automático de alguien que, o no está al otro lado de la línea, o por diversas razones se niega a responder. Si me conoce, sabrá que la voz que en estos momentos le habla no es la mía. Una de las bondades del contestador automático es que, además de preservar la intimidad, también asegura impunidad. Esta voz es alquilada. Pertenece a una de esas personas, las hay por miles, que a cambio de unos cuantos billetes son capaces de prestar el alma. No es mi voz. Pero si usted no me conoce, si es la primera vez que marca mi número, todo esto no debe afectarle. Digamos entonces que, en teoría, no estoy, o que alguna anomalía física me impide llegar al aparato, o que simplemente no tengo ganas. También es posible que yo ya no esté en este mundo. ¿Leyó el diario? ¿Escuchó el noticiero? Hubo un accidente horrible a altas horas de la madrugada. No. No cuelgue. No tiene sentido que vaya hasta el periódico abierto sobre la mesa. No encontrará mi nombre en la lista de las víctimas. No cuelgue. Fue una broma, reconozco que de pésimo gusto, pero no lo tome a mal. Retrocedamos: le decía que habla con el contestador automático de, bueno, eso ya lo sabe. Lo medular es que en estos momentos usted no habla. ¿Se da cuenta? Esta mínima relación que dura algo más de un minuto se basa en una mentira y usted se la tragó. No. No cuelgue. Tampoco debe dudar respecto de mi salud mental. Ganar su atención por tanto tiempo es una indudable prueba de agudez. Le he dicho todo lo anterior porque me gusta jugar limpio. Ahora usted se extraña, apela al recuerdo inmediato, pues la mención a jugar limpio viene indisolublemente asociada a la eventualidad de una amenaza. Pero no se preocupe. No amenazo. Ni siquiera advierto. No hasta ahora. Le explicaré lo de jugar limpio, y para ello recurriré a la fuente primigenia de nuestra cultura: el cine. ¿Ha visto cómo hacen los policías para detectar desde dónde hacen las llamadas los criminales? Aconsejan a la víctima que los deje hablar, que les tiren de la lengua por lo menos durante dos minutos, el tiempo necesario para que el ordenador central de la policía trabaje aceleradamente descartando posibilidades, y al cabo de ese tiempo dan con el lugar exacto desde donde llama el criminal. Y todo en dos minutos. El tiempo es oro. ¿Por qué le digo todo esto? Le repito que me gusta jugar limpio. Adosado al contestador automático tengo un ordenador mucho más eficaz que el de la policía y sé desde dónde me llama usted. ¿Le sorprende? Por favor, la tecnología está hoy al alcance de cualquiera. Supongo que ahora usted sonríe y eso está muy bien. De la misma manera supongo que sus nervios se han tensado y le dicen que esta paparruchada se prolonga demasiado. También es cierto, pero, y ahora sí que le advierto, usted debe seguir escuchando esta voz, que no es la mía, hasta que la señal convenida le diga que es su turno y por fin se rompa la mentira y usted pueda hablar. Llega el momento de la sinceridad: he ganado tiempo, primero para saber desde dónde me llama y luego para medir qué clase de persona es usted. No. En este momento adivino su gesto de estupor y le aseguro que es absolutamente extemporáneo. Ese "pero si nos conocemos" tampoco se justifica. Es necesario que sepa que sólo la distancia permite el verdadero conocimiento.

Y en cuanto al respetuoso trato de usted, bueno, así lo requiere el ritual. No. No cuelgue. No sea trivial. Ese "la bromita va demasiado lejos" que acude a sus labios descalifica su talento, sí, porque escuchar se ha convertido en un verdadero talento y quienes lo poseen pueden contarse con los dedos de una mano. Por última vez le repetiré que me gusta jugar limpio. Usted sigue escuchando una voz que no es la mía, y hace ya bastante tiempo que he salido de casa. Voy hacia el lugar desde donde me llama. Es muy posible que en el camino me haya detenido a comprar flores, o una botella de champaña, o una corbata de seda, o unos pendientes en forma de pavo real. Son detalles que exige el ritual. Pero también es posible que me haya detenido frente a una armería y ahora esté subiendo las escaleras que me llevarán hasta su piso ocultando un monstruoso cuchillo de hoja dentada y doblemente estriada, uno de esos cuchillos que —otra vez las referencias culturales cinematográficas— hemos visto en manos de Rambo, o como se llame el grotesco carnicero norteamericano. No. No cuelgue. Se acerca su turno. Por fin. Luego de escuchar las tres señales electrónicas, podrá grabar su mensaje. Dispone de tres minutos, pero, antes de hacerlo, y ésta será la prueba definitiva de que me gusta jugar limpio, le aconsejo que vaya hasta la puerta y allí decida si la deja levemente entreabierta, como una invitación, o si la cierra pasándole la cadena y dándole dos vueltas a la llave. Esa decisión le pertenece. No puedo ni debo participar en ella. Recuerde que le habla la voz alquilada por alguien que en realidad no está al otro lado de la línea.»

Desencuentros con uno mismo

Para matar un recuerdo

Tienes la estampa entre las manos y el paisaje se te antoja demasiado artificial en los colores de la Polaroid. Demasiado azul el mar, demasiado transparente el cielo, demasiado encendido ese horizonte, demasiado brillo en las miradas de las dos figuras que se abrazan ignorando el viento, arropadas en pullóveres iguales.

Miras hacia afuera y lo único que ves es el reflejo que el vidrio te devuelve como una bofetada, porque es de noche, y a esta hora todas las ventanas se transforman en espejos que devuelven soledad, interiores arrepentidos, casas como la tuya, casas vacías, casas con café sin azúcar por la mañana, café rápido y el auto que no enciende y los minutos que pasan, casas con mañanas en las que descubres atisbos de neura que te señalan a gritos que estás empezando a perder la gran batalla.

La foto sigue en tus manos. La foto estaba en un cajón que no habías abierto desde hace varios meses, pero hoy la foto está en tus manos y sientes que llegó el momento de asesinar esos recuerdos añejos.

Entonces debes tomar la foto como un paralelepípedo perfectamente horizontal y, lo más importante, frente a una de las ventanas que acusan el interior de la habitación con las luces atenuadas.

No eres tú quien romperá la foto. Es otra persona, alguien más valiente o impersonal, otro yo-tú que flota en el vacío unos centímetros más allá de los cristales.

Verás cómo esa persona realiza un movimiento de cangrejo con los dedos, cómo las manos se desplazan uniformemente hacia los lados y, al fin, cómo cada una se ha llevado un trozo casi regular de la fotografía. Luego esa misma persona juntará los pedazos y repetirá el movimiento una, dos o tres veces, según lo estime necesario, hasta que tú, inexplicablemente, sientas un cansancio en los dedos.

En el vidrio verás que caen como unos copos de nieve demasiado grandes para ser gráciles y violadores de la gravedad. Caen rápido y, cuando mires hacia la alfombra, tus ojos verán los mutilados vestigios de un recuerdo que ya no tiene salvación posible.

Domingo de lluvia

En la calle llueve y usted está parado en la puerta de su casa esperando a que el cigarrillo termine de consumirse entre sus labios. Está pensando adónde irá precisamente.

Hoy es domingo, y los domingos son culpables de la soledad de las veredas.

Usted tiene un paraguas en una de sus manos, es un paraguas negro que, plegado, tiene algo de pájaro siniestro.

Usted abre el paraguas sin preocuparse de sacudirlo varias veces antes de hacerlo. Y entonces es usted responsable de todos los recuerdos que caen sobre su cabeza.

Usted empieza a caminar bajo el paraguas y siente que es demasiado grande. La misma sensación de arquitecturas abandonadas sobreviene al contemplar el asiento vacío del auto, o al mirar la mitad de la cama desierta, inútilmente grande. Esa soledad de las camas donde crecen con tanta fertilidad los hongos del olvido.

Más allá del paraguas cae la lluvia y, bajo el paraguas, llueven también húmedas reminiscencias de otros días que le hacen a uno sentirse culpable por no haber tomado las precauciones necesarias.

Usted sigue caminando bajo el paraguas. Lo cambia de mano, realiza todos los trucos inútiles del hombre solo al comienzo de un domingo, trata de convencerse de que lo ocupa todo, de que nada ni nadie falta bajo la tela negra. Pero sus tretas sólo aumentan su soledad de caminante dominguero.

Usted siente entonces el eco de sus pasos. Ese timbal urdidor de rumbos forzados, látigo de galeote o redoble de tamborcitos de hojalata que conducen al guiñol hasta la guillotina. Usted siente entonces unas ganas irrefrenables de llorar, y naturalmente puede hacerlo.

Bastará con que baje el paraguas hasta que la perspectiva reluciente de la calle se borre en el presente de tela negra que bloqueará sus ojos y no vea nada más que el juego de varillas, esas costillas plateadas de murciélago matinal, y, si piensa que alguien puede verlo, bastará con que cierre discretamente el paraguas con su cabeza metida entre las varillas, como si estuviera comprobando la perfección del mecanismo mientras la lluvia cae sobre sus hombros, que a ratos se estremecen, y sus lágrimas se confunden con la humedad de la tela.

My favorite things

Está tranquilamente sentado contemplando la inmovilidad de la tarde. Jugando a adivinar reflejos de agua en la ventana, chispazos de luz externa que se filtran entre las plantas, mirando a veces el reloj sin la menor intención de descubrir el momento exacto en que se encuentra porque, sencillamente, da lo mismo.

Nada hay más inmóvil que la tarde con su rutina de muertes que se acusan en las cortinas herméticas de las ventanas, en los destellos agónicos que evidencian interiores en reposo, en las rejas que frustran cualquier deseo de salir a comprar cigarrillos, en la iluminación débil de la calle, que proyecta obeliscos sobre los adoquines. La tarde se pega al humo del cigarrillo, adquiere una tonalidad azul perenne, tan sutil que se rompe cuando él recuerda que acaba de leer un artículo sobre la muerte de Thelonious Monk y le parece estúpido el haberse sorprendido en plena calle por el aviso fúnebre y el responso por un hombre a quien nunca conoció y del que le ha separado siempre tal distancia que ponerse a calcularla ahora, tal vez consultando la *Espasa*, no sería sino contribuir a ahondar aún más esta inmovilidad de sombras y ese olor a orines.

Sabe que en algún lugar de la casa tiene una cinta del cuarteto de Thelonious Monk y sabe también que es John Coltrane el que sopla el saxofón soprano, y que la primera vez que escuchó *My favorite things* fue hace ya tal cúmulo de tiempo que no vale la pena recurrir a los calendarios del recuerdo.

Busca a cuatro patas, va desempolvando las cintas, leyendo con pereza las anotaciones hechas con tintas de colores, viendo el paso de los años en las inscripciones ya borrosas, y finalmente encuentra la cinta deseada.

My favorite things y Thelonious Monk recientemente muerto al otro lado del mundo y tal vez con el mismo olor a cigarrillos que ahora inunda esta habitación en la que la tarde se ha detenido con todo su peso. Soplando el saxofón soprano el aliento sensual de John Coltrane.

Descorcha una botella de vino y se prepara entonces para rendir su homenaje póstumo al muerto gritando desde las páginas del periódico. Pone el casete en el aparato y se sienta a esperar las primeras notas, pero lo único que llega a sus oídos es el ronroneo mecánico de un gato con asma.

Piensa que es un fallo de la grabación, y es natural, los primeros casetes fueron grabados sin dedicación, apropiándose de la música a la rápida, encerrando las tonalidades que antaño se esparcieron y llenaron las salas de otros tiempos sin mayor preocupación que la idea posesiva de no olvidar; esa música fue un testimonio de días con comienzo y final establecido, pero sin hacer evaluaciones demasiado prematuras, o acaso demasiado atrasadas. Así pasan unos minutos que se tornan insoportables y llega a la conclusión de que el casete está dañado. Demasiado tiempo sin ser escuchado, demasiados viajes; tal vez con unas gotas de aceite funcione otra vez.

Va entonces a la cocina, regresa con el cuchillo del pan, destripa la cinta y descubre que está cortada, casi imperceptiblemente cortada, y respira satisfecho.

Está nuevamente a cuatro patas en el suelo, en la actitud atenta de un cirujano ante una emergencia. Suda un poco, los dedos se le antojan demasiado grandes, torpes para realizar una misión tan delicada, pero finalmente lo consigue. Vuelve a colocar las tapas, con la ayuda de un bolígrafo otorga una aceptable tensión a la cinta, la encaja en el aparato y se dispone, ahora sí con seguridad, en pocos segundos, a zanjar con *My favorite things* toda cavilación acerca de la inmovilidad de la tarde y, para coronar el triunfo alcanzado, se sirve una copa hasta los bordes.

Primero se sorprende de lo que escucha. Piensa que puede ser un efecto no recordado, pero resulta ser indiscutiblemente un llanto, sí, es un llanto de mujer, un llanto tenuemente reprimido y, a espaldas del llanto, se oyen unas voces, son palabras de consuelo, voces que emiten sus mensajes con una tonalidad tan apagada que no alcanza a comprender con toda su nitidez las ideas expresadas, entonces se incorpora, sube el volumen, pega las orejas al parlante y puede reconocer a la mujer que llora. Es su madre.

La voz entre sollozos habla de sueños y esperanzas, allá al otro lado del mar grande, llora con un llanto suave pero desolado y, por sobre las frases de consuelo, logra articular algunas palabras más inteligibles, algo así como que era una noticia que siempre estuve esperando, algo así como qué pena no poder estar allá con él, y luego logra identificar entre otras la voz de su hermano: es la más fuerte y decidida, es la voz que a veces masculla con todo el rencor posible la palabra mierda; luego se distinguen las voces de tíos y parientes más lejanos, más allá de las referencias que a veces regala la memoria. Parientes y amigos a los que tantas veces prometió una carta que se detuvo en el encabezamiento y fue a dar al canasto de los papeles junto a los corchos, a las colillas de los innumerables cigarrillos fumados en noches de espera y de semen involuntario.

Está de pie escuchando, tiene la frente pegada a los

vidrios, pero al otro lado de la ventana no están sino las sombras de una tarde que agoniza, y las voces se suceden y hay un ruido de tacitas y susurros que ofrecen una copita de coñac y alguien, también impersonal, que dice que le sirvan a la vieja, y luego pausas que son aprovechadas por la impudicia del gato asmático que desliza su ronroneo entre las voces, el gato invisible que habita en todas las grabadoras del mundo y que opaca la voz del tío Julio que dice que afortunadamente la Seguridad Social del país donde se encuentra es bastante eficiente, y los parientes más lejanos confirman con sus alabanzas la perfección de la burocracia europea, y todos al unísono dicen que ya no hay que preocuparse, que, aunque estas cosas son siempre duras, hay que pensar que el pobrecito ahora sí que va a descansar, que todos sabemos que salió bastante enfermo de la cárcel y que el pobrecito nunca dijo nada, tan hombre hasta el fin, dice una voz que se ofrece para hacer los trámites en el consulado y consultar mañana sin falta los precios en Lufthansa, pero a lo mejor le hubiera gustado quedarse en esa tierra junto al viejo; sí, eso es lo que le hubiera gustado, y oprime el botón de stop.

Mira a la calle y le parece más solitaria e inmóvil que nunca. Se dispone a salir, pero esta vez sin coger las llaves porque sabe que nunca volverá a cruzar ese umbral hediondo a orines, que nunca más volverá a habitar ese piso de hombre solitario, y que nunca más escuchará *My favorite things* interpretada por el cuarteto de Thelonious Monk, con John Coltrane soplando el saxofón soprano.

Desencuentros en los tiempos que corren

Del periódico de ayer

Echó café en la taza, un poco de leche, media cucharada de azúcar, lo revolvió y esperó a que entibiara. Tuvo la misma sensación de mal humor de todas las mañanas al comprobar que la mantequilla estaba congelada, que era un absurdo ladrillo amarillo encerrado en su envoltorio transparente.

Repitió la misma ceremonia de todas las mañanas, esto es, tiró la rebanada de pan al canasto y encendió un cigarro para acompañar el café casi frío. Abrió el periódico.

En la segunda página estaba la información del tiempo. Hoy llovería nuevamente. Un poco más abajo descubrió la nota aclaratoria, encerrada en un marco negro para destacar su importancia de inserción pagada.

«En nuestra publicación de ayer de las Nuevas Disposiciones Constitucionales, capítulo XV, página 62, columna 2, párrafo 6, línea 5, donde dice: SERAN CONDECORADOS POR LA NACION, debe decir: SERAN CONDENADOS POR LA NACION.

»Hecha esta justa y necesaria aclaración, damos por cumplido nuestro deber como editores.»

Terminó de beber el café, dejó la taza en el lavaplatos y se puso los zapatos. Dio una mirada a su saco impecablemente planchado y al portafolios colgado junto a la puerta y decidió que era hora de marcharse. Sobre la mesa de arrimo estaban las llaves, el ticket semanal del metro, la cajetilla nueva de cigarrillos, el pañuelo y la carta para mamá.

Al darle la cuerda al reloj de pared decidió que tenía tiempo para otra taza de café y un nuevo cigarro. Volvió a ver el diario sobre la mesa y repasó la nota aclaratoria. Las palabras le quedaron bailando en la cabeza y fue hasta la estantería a consultar el diccionario.

«*Condecorado:* Que tiene una condecoración.

»*Condenado:* Perverso, endemoniado, nocivo. Que tiene impuesta una pena por actos contra la ley.»

Se acercó al teléfono y marcó el número del Ministerio, escuchó los timbrecitos que aseguraban línea disponible y, cuando oyó que al otro extremo de la ciudad alguien descolgaba, él colgó el aparato.

Volvió a la mesa y se sirvió la segunda taza de café. Decidió que en estos tiempos era mejor no comprometerse e hizo un rápido recuento de los bienes disponibles: una cajetilla y media de cigarrillos, media lata de café, una barra de mantequilla congelada, un pan entero, algunas frutas y una botella de vino.

Se quitó los zapatos y miró por la ventana hacia la calle. Le pareció que había menos gente que de costumbre, sin embargo los niños de la escuela vecina jugaban al grifo de incendios.

Decidió esperar al mediodía.

Estaba ligeramente adormecido sobre la mesa cuando el grito de la edición extra del periódico lo impulsó como un resorte hasta la puerta. Vaciló al comprobar que no tenía las llaves, las cogió al vuelo y se precipitó escaleras abajo. Cuando pagaba el diario, descubrió que estaba descalzo, se sintió algo confuso, pero pensó que en semejantes momentos aquello carecía de la menor importancia.

Regresó a la mesa y abrió presuroso el diario. En la primera página, enmarcada por un grave rectángulo, estaba la nota aclaratoria:

«Ante rumores irresponsables que señalan una infiltración de potencias enemigas como causa del error que cometimos INVOLUNTARIAMENTE en la publicación de las Nuevas Disposiciones Constitucionales, capítulo XV, página 62, columna 2, párrafo 6, línea 5, donde dice: SERAN CONDECORADOS POR LA NACION, debe decir: SERAN CONDENADOS POR LA NACION, debemos entregar nuestro más categórico desmentido e indicar que todo se debe a un fallo óptico del obrero tipógrafo. Hecha esta aclaración, cumplimos según manda la ley.

»Los editores».

Descorchó la botella de vino y con la copa en la mano fue hasta el teléfono y marcó el número del Ministerio. Escuchó largamente los timbrecitos de línea abierta, pero nadie levantó el aparato al otro lado. Colgó. Fue hasta la ventana y vio que empezaba a llover. La calle estaba desierta. Sólo un perro, husmeando entre los cubos de basura.

Se dirigió al ropero con una sensación de tragedia que se interponía en el paladar y le impedía sentir el sabor del vino. Sacó la caja de zapatos que contenía los documentos importantes y las cartas de mamá. Leyó uno por uno los sobres y finalmente extrajo el que tenía un membrete del Ministerio en el extremo izquierdo. Volvió a la mesa.

«El Señor Ministro tiene el agrado de extenderle su más calurosa felicitación por haber cumplido veinticinco años de abnegados servicios en nuestras dependencias. El Señor Ministro ha dispuesto que esta felicitación sea colocada en la orden del día, y le recuerda que el día lunes 27 del presente se realizará un acto en su homenaje (al finalizar la jornada de trabajo), en el casino del personal.

»Firma (hay un sello azul):

»El Secretario.»

Miró el calendario. La hoja con el número 27 le bailó en las pupilas y volvió a leer la aclaración del vespertino. Suspiró, encendió el televisor y se perdió en la trama de una película de espionaje.

Decidió levantarse cuando el animador de turno dijo que con la canción nacional finalizaban las transmisiones del día 27 y en la pantalla empezó a nevar. Miró el reloj. Eran las doce y media de la noche.

Frente al calendario meditó un segundo antes de arrancar violentamente la hoja veintisiete. Inauguró la veintiocho con un suspiro y el crepitar de la hoja que se arrugaba en su mano.

Una vez en el dormitorio desechó la idea de ponerse el pijama. Se dijo que había que estar preparado para graves acontecimientos y por lo tanto se acostó vestido y no apagó la luz.

Estaba fumando en la cama cuando oyó deslizarse el diario bajo la puerta. Se incorporó rápidamente, se alisó el pelo, buscó los lentes en el velador y salió a recogerlo.

El aviso aclaratorio estaba en la primera página, siempre bordeado por adustos trazos negros:

«Es nuestro deber indicar a la opinión pública lo siguiente:

»Primero: que publicamos oportunamente la aclaración y la fe de erratas que indica la ley, ante el error en que incurrimos INVOLUNTARIAMENTE en la publicación de las Nuevas Disposiciones Constitucionales, capítulo XV, página 62, columna 2, párrafo 6, línea 5, donde dice: SERAN CONDECORADOS POR LA NACION, debiendo decir: SERAN CONDENADOS POR LA NACION.

»Segundo: que el mencionado error INVOLUNTARIO se debió única y exclusivamente a un fallo óptico del tipógrafo encargado del trabajo, y en ningún caso a infiltración de potencias enemigas, como torcida e irresponsablemente se ha tratado de presentar a la opinión pública.

»Tercero: que no nos cabe ninguna responsabilidad por los fusilamientos del Excelentísimo Señor Presidente de la República y sus doce Ministros, acontecidos durante la madrugada en el cuartel de los Húsares de la Patria y que lamentamos profundamente.

»Cuarto: finalmente señalamos que con estas necesarias aclaraciones damos por cumplido nuestro deber ante la ley, y consideramos cerrado el molesto debate al que se nos ha querido someter.

»Los editores.»

Bebió el café casi frío mientras releía la inserción, tenía en la garganta el molesto sabor de muchos cigarrillos fumados durante la noche. Se levantó. Se puso el saco. Cogió las llaves, el ticket del metro, los cigarrillos, el pañuelo, la carta de mamá, el portafolios y, cuando estaba a punto de cerrar la puerta, decidió volver por el paraguas, ya que el diario, en la página dos, anunciaba que hoy llovería nuevamente.

Un hombre que vendía dulces en el parque

> Es tan grande la vida. Hace un momento me pareció que lo que había hecho estaba previsto hace diez mil años, después creí que el mundo se abría en dos partes, que todo se tornaba de un color más puro y los hombres no éramos desdichados.
>
> Roberto Artl, *El juguete rabioso*

Yo nunca he hecho nada malo.

Lo único que sé es que tengo que levantarme a las seis de la mañana para tener tiempo de arreglar el canasto, que siempre queda en desorden. Tengo que tener tiempo para saber cuántos caramelos de menta, de anís o de violeta tendré que comprar. Tengo que tener tiempo para saber cuántos chocolatines se han roto o derretido en los paquetes, o cuántos soldaditos de mazapán perdieron su porte de guerreros y ahora son inservibles pares de piernas o caritas sonrientes con fusil de madera, también roto.

Tengo que tener tiempo para hacer los paquetitos de monedas de diez, veinte, veinticinco y cincuenta centavos. Con papel de diario debo hacer unos cilindros muy exactos y tengo que escribir luego con tinta negra la cantidad de dinero que contienen. Tengo que tener tiempo para hacer todo lo que he dicho, además de preparar mi colada, untar de margarina mi rebanada de pan y salir muy rápido con la mesita plegable y el canasto para alcanzar el colectivo de las siete.

Yo nunca he hecho nada malo, pero tengo que tener mucho cuidado con la gente. Siempre hay quienes no me conocen, que miran mi pelo cortado demasiado al rape, que miran mis ojos que, según dicen, son muy grandes, aunque a mí no me lo parecen tanto, que miran las ropas que me dan en el asilo y que llevo siempre limpias y planchadas, y lo que es peor, siempre hay quienes tratan de robarme algo cuando el canasto no está bien cerrado, porque llevo demasiados caramelos. Esto ocurre siempre los lunes y los jueves, que son los días en que voy a la bodega y compro todos los dulces que me faltan.

Cuando llego a la plaza, únicamente están las palomas, y parece que me conocen tanto que mi lugar es el único que no amanece como si hubiera nevado, perdido bajo las cagadas de los pájaros. Yo creo que las palomas agradecen las migas que les junto en mi habitación y que les traigo todos los viernes en una bolsa de plástico. Yo creo que las palomas saben y por eso respetan mi lugar, al contrario de lo que pasa en el sitio del mudito que lustra los zapatos. El siempre les arroja piedras y trata de agarrar a las más jóvenes. Dice que, cocinadas con mucho ajo, son muy buenas para los pulmones. Yo creo que las palomas no quieren al mudito; su lugar amanece siempre tapado de mierda blanca y eso lo enfurece mucho.

Cuando llego a la plaza, lo primero que hago es persignarme ante la imagen del Señor de los Milagros, pero, eso sí, a él nunca le pido nada. No sé, me da mucha vergüenza pedirle algo a él, que siempre tiene la cara muy seria y que siempre tiene muchos cirios de los más caros consumiéndose a sus pies. No. A él no le pido nada, simplemente me persigno y siento mucho miedo al ver sus ojos terribles que reflejan las llamas de los cirios y que parece que también lanzaran chispas. También siento miedo al ver su capa de terciopelo morado, del mismo color que la que luce el obispo en los días de procesión cuando todos los santos salen de paseo, y yo debo tener mucho más cuidado que de costumbre, porque ese día sólo tiene ojos para ver los santos y el año pasado me botaron dos veces la mesita plegable, pisotearon los dulces y los chocolatines, y yo me quedé varios días sin nada que comer.

A quien siempre le pido que sea un buen día es a la Virgencita de la Piedad. La Virgencita es más pequeña que el Señor de los Milagros y está todos los días con su carita de yeso muy sonriente, como si hubiera dormido muy bien, y como si por la mañana, antes de que todos lleguemos a la plaza, alguien la hubiera lavado con agua de alhelíes. A ella le pido que sea un buen día, que no llueva, que no me roben nada, que vengan muchos colegiales y me compren todo lo que tengo en el canasto. También le pido que no me deje equivocarme cuando alguien me paga con un billete grande y tengo que darle vuelto. Cuando eso me pasa, me pongo muy nervioso y, cuando estoy nervioso, la cara se me llena de sudor, me pica todo el cuerpo y siento que de mi barriga empieza a subir un olor malo que puede espantarme a los clientes. Cuando estoy nervioso casi no puedo hablar y entonces sí que siento que los ojos se me ponen verdaderamente grandes.

La Virgencita casi nunca tiene cirios finos encendidos. Apenas esas velas que alumbran las casas de la gente que vive al otro lado del río y a las que llaman candelas. De ésas tiene, de las más baratas, y a veces yo le he traído un paquete entero para agradecerle porque me ha dado buenos días, porque he vendido casi todos los dulces y los chocolatines, porque ningún soldadito de mazapán se me ha roto en el canasto, porque han venido muchos niños a la plaza, porque no ha llovido y porque no me han robado nada.

Al dar las siete y cuarto de la mañana yo estoy armando la mesita plegable y ordenando los dulces y caramelos según los sabores y colores, los chocolatines según los precios, dejando eso sí los más caros siempre cerca de mis manos y colocando las figuritas de mazapán como en un desfile, muy formados los soldaditos, siempre con el embanderado al frente.

Me gusta mucho ordenar las figuritas de mazapán. Siempre que lo hago me acuerdo de otros tiempos en que una mujer me llevaba de la mano a ver los desfiles y me compraba helados de vainilla. Otros tiempos en que yo cantaba rataplán rataplán cuando pasaban los tambores y los timbales a caballo haciendo temblar el suelo. Por eso, a veces, cuando ordeno las figuritas de mazapán, yo también canto rataplán rataplán, pero despacito, porque, si alguien me escucha, me da mucha vergüenza y me pongo nervioso, y ya he dicho lo que me pasa cuando me pongo nervioso.

Cuando el carillón da las siete y media con esa música que me gusta tanto porque hace bailar a las palomas, yo tengo todo listo y estoy esperando a que empiecen a venir los colegiales.

Yo nunca he hecho nada malo. Lo único que hago es levantarme a las seis de la mañana para alcanzar a hacer todo mi trabajo. Yo sé muy bien, yo estoy seguro de no haber hecho nunca nada malo y tal vez por eso me puse tan nervioso el día en que vinieron los hombres del auto, los hombres con gafas de sol, y me pidieron mi permiso de venta.

Yo les di mi permiso y ellos se rieron, yo pensé que eran nuevos inspectores del municipio, que verían mi permiso, que se darían cuenta de que todo estaba en orden, pero ellos se rieron y se llevaron mi permiso.

Yo sé que los hombres del auto vendrán hoy nuevamente, como han venido otras veces.

Ya me estoy poniendo nervioso, tanto que casi ya no puedo hablar. Ya me estoy llenando de sudor, ya me está picando todo el cuerpo, ya siento que de mi barriga empieza a subir ese olor malo, ese olor rancio de pudridero de sapos que puede espantarme los clientes. Ellos vendrán, se comerán uno o dos chocolatines, de los más caros, sin pagarme, se reirán mucho cuando otra vez les pida mi permiso, y yo tendré que entregarles la lista de todas las placas de los autos que se han detenido frente a la librería esta semana.

Yo sé también que no me devolverán mi permiso de venta, aunque mucho le he rogado a la Virgencita de la Piedad y aunque a ellos también les he dicho que yo nunca he hecho nada malo.

Un auto se ha detenido en medio de la noche

Un auto se ha detenido abajo. Puedo ver desde aquí las luces que se reflejan en el techo. Puedo ver también cómo los gruesos goterones de la última lluvia empiezan a deslizarse e inician los senderos de descenso.

El auto se ha detenido hace ya unos minutos, pero las puertas no se abren. El auto permanece quieto junto a la vereda, frente a la entrada de este edificio donde vivo todavía.

Nadie baja del auto. Llegó, se detuvo, apagó el motor y simplemente se quedó quieto, tan quieto como la noche, pero nadie ha bajado.

Cuando se detuvo el auto, lo primero que hizo fue apagar las luces. Yo también.

El auto es negro, o así me lo parece visto desde arriba. Puede ser que no sea enteramente negro, no sé, hay poca luz en la calle y tampoco sé por qué insisto en tener entre mis manos este libro de tapas amarillas. No recuerdo quién es el autor ni su argumento, tampoco recuerdo haberlo leído, pero insiste en permanecer entre mis manos.

En la calle no hay nadie. Ninguna persona sale a pasear el perro o a comprar algo, y yo sé muy bien que eso es normal a estas horas, pero me gustaría ver pasar a alguien, alguien con una bolsa en la mano, alguien que se detuviera por unos segundos frente a la puerta; así podría verle la cabeza y la punta de los pies, o las alas del sombrero y la punta de los pies, que es lo que siempre veo desde esta perspectiva. Me gustaría que fuera una persona joven. Que se detuviera y se fijara también en el auto. Pero nadie pasa. Nadie transita por esta calle y yo sé que es perfectamente normal.

El auto es largo, o así me lo parece visto desde arriba. Tiene una parte delantera y, sobre el motor, supongo, una larga y recta varilla cromada que se pierde en la sombra proyectada contra el suelo. Tiene dos medios aros metálicos, brillantes, que se apagaron en cuanto el auto se detuvo. En la parte trasera tiene una franja un poco menos oscura que marca los límites del maletero. Yo lo he visto bien y desde arriba podría reconocer ese auto en cualquier parte, pero es difícil ver siempre los autos desde un quinto piso.

Estoy parado junto a la ventana, y en el piso de arriba hay ruido. Yo quisiera que todo fuera silencio, como este silencio que yo mantengo y que me envuelve ahora que estoy parado junto a la ventana sintiendo en mi hombro la superficie fría de la pared.

Trato de permanecer quieto, porque si no me muevo, si no respiro, si no digo nada, si no pienso siquiera, si no intento soltar este libro de tapas amarillas que insiste en permanecer entre mis manos, entonces es probable que el auto encienda las luces, que active el ronroneo del motor y que se vaya. Entonces podré bajar, comprar cigarrillos y marcharme a casa de Braulio. Todo cuanto necesito es que los de arriba entiendan también esta necesidad de silencio y que el auto se vaya.

Cuando el auto se haya ido, partiré a casa de Braulio y le contaré que un auto se detuvo frente a mi puerta. También le diré que tuve mucho miedo y Braulio dirá que no importa, ya que ambos sabemos que son muy pocos los días que me quedan en la ciudad.

Yo sé que Braulio me dejará vivir en su casa durante

los cuatro días que me faltan. La casa de Braulio es segura. Nunca un auto se detendría frente a la casa de Braulio.

Pero el auto sigue abajo y me parece que dentro fuman. Desde arriba puedo ver cómo en el interior se enciende brevemente una lucecita amarilla. Luz de fósforo o encendedor, no lo sé, no podría precisarlo. Es muy difícil percatarse de los pequeños detalles desde esta altura.

Así estoy, muy quieto y muy callado, junto a la ventana, cuando un relámpago estalla en el dormitorio y yo salto, miro el auto que sigue detenido allá abajo y con las luces apagadas, y todo el piso se llena de ruidos chillones como de un grillo gigantesco y me dan ganas de gritar que necesito silencio, silencio y tiempo. Pero las cuchilladas del teléfono perforan mi piel, las paredes, todo lo desgarran y de puntillas llego al velador y descuelgo. Es Alicia.

Alicia no sabe que hay un auto detenido abajo junto a la puerta. Alicia no sabe que llevo varias horas parado junto a la ventana. Alicia no sabe que el teléfono me ha puesto la piel de gallina. Alicia no sabe que estoy temblando, que un sudor muy frío me corre por la espalda y tal vez por eso me pregunta qué me pasa, que por qué hablo tan despacio y, cuando le digo que lo siento, que tendrá que cortar, que estoy muy ocupado, Alicia me pregunta si estoy con alguien más en el departamento y yo le digo que no, que solamente estoy ocupado, entonces Alicia se pone triste al otro extremo de la ciudad y dice que es seguro que estoy con alguien más en el departamento, con esa manera suya de alzar la voz sin alzarla, de tal manera que su grito más parece un susurro fuerte. Y yo le digo que no, que no es cierto, que lo que ocurre es que espero una llamada importante.

Alicia empieza a sollozar y yo pego el auricular a mi

oreja porque necesito silencio, silencio y tiempo, ya que hace mucho que un auto se ha detenido allá abajo.

Me cuesta convencer a Alicia de que la llamaré más tarde, cuando haya recibido la llamada que espero, y le digo que mañana sin falta iremos al teatro y que compraremos el disco de Harry Belafonte que escuchamos en la casa de Braulio. Alicia me pregunta si la quiero y yo respondo que sí la quiero, porque es cierto, aunque ella me llame en estos momentos y a estas horas en que lo único que necesito es silencio, silencio y tiempo, aunque nada le he dicho aún respecto de mi viaje.

Cuando Alicia cuelga, regreso a la ventana. Abajo sigue el auto con las luces apagadas y, cuando me inclino para encender un cigarrillo, oigo cómo se abre una de las puertas. Soplo el fósforo y me pego a la pared casi sin respirar, para poder así escuchar mejor.

Estoy pegado a la pared como una mosca, casi tocando la estantería que, en la parte de abajo, tiene los discos que también regalaré a Braulio, pues sé que me dejará quedarme en su casa durante los días que me faltan. Yo sé que Braulio me ayudará mañana. Sé que estacionaremos su auto en el lugar justo donde ahora está éste, del que han bajado algunos hombres, y nos llevaremos los discos y los libros y mi ropa gruesa, porque necesito ropa de invierno, ya que seguramente allí hace bastante frío en esta época. Así estoy, pegado a la pared, y ahora puedo oír cómo los hombres están subiendo la escalera. Oigo los pasos, caminan lentamente y logro adivinar cuándo llegan al descanso, porque allí cambian el ritmo.

Ahora han llegado al piso y caminan por el pasillo. Seguramente miran los números de las puertas. Sí. Eso debe de ser. Por eso se detienen brevemente cada tres o cuatro pasos. Creo que les cuesta ver con la luz del piso, que es tan pobre. El foco es tan pequeño.

Sé que en este momento han llegado frente a mi puerta, sé que están mirando el número y uno de ellos se inclina para leer mi nombre inscrito en la plaqueta de bronce. Pienso que tal vez seguirán caminando hasta el fondo del pasillo, es posible que, al ver que todo está oscuro y en silencio, crean que no hay nadie, que les dieron una dirección equivocada, y tal vez vuelvan a bajar la escalera, tal vez oyeran el timbre del teléfono que estremeció la habitación cuando llamó Alicia.

Ahora están frente a mi puerta, alcanzo a ver una sombra que se mueve e interrumpe el rayo de luz que se cuela por el suelo. Es una sombra que casi no se mueve, una sombra que puede ser fruto de mi nerviosismo, qué sé yo, la imaginación jugando malas pasadas, no sé, o bien sí sé que mientras estoy aquí callado, muy callado y pegado como una mosca a la pared, alguien está al otro lado de la puerta.

Todo es un silencio enorme y, a través de los vidrios, puedo ver el viento entre los árboles. Es posible que comprueben el número de mi puerta, es posible que llamen a su jefe con un pequeño portátil, es posible que hablen con su central pidiendo instrucciones, es posible que digan que todo está oscuro y en silencio, es posible que se fumen un cigarro y den media vuelta desandando el camino, es posible que, cuando lleguen al auto, yo pueda oír cómo se enciende el motor y se alejan. Entonces esperaré unos minutos antes de bajar, compraré cigarrillos y me iré a casa de Braulio y le diré que un auto se detuvo abajo, frente a mi puerta, y que alguien subió y que permanecí callado todo el tiempo casi sin moverme y con las luces apagadas. Le diré a Braulio que logré engañarlos, que tuve mucho miedo, pero que logré engañarlos y se fueron. Se está bien en casa de Braulio, y él me dejará quedarme durante los días que me faltan, aunque Braulio no sabe que pienso dejarle los discos y los libros y ahora oigo algo, como un sonido metálico, sí, es un ruido de metales que se rozan con rapidez y oigo también los golpes en la puerta.

Estoy pegado contra la pared mientras arrecian los golpes en la puerta. Pienso que si me quedo así, quieto, muy quieto y callado, pensarán que no estoy, que el departamento está vacío y se irán, los sentiré bajar la escalera que siempre cruje, pero siguen los golpes en la puerta y yo no sé si estoy callado o si estoy gritando que no hay nadie, que no he llegado, que se vayan, que necesito silencio, silencio y tiempo, porque hace mucho que un auto se ha detenido allá abajo y permanece con las luces apagadas y en la calle no hay nadie que pueda ver su color negro y las lucecitas que en su interior se divisan cada vez que encienden cigarrillos, pero los golpes en la puerta siguen, interminablemente los golpes de la puerta, y puedo sentir, ahora sí, mi propia voz estrangulada de espanto gritando que se vayan, que no hay nadie, que no estoy, que nunca he estado, y ellos dicen que abra la puerta de inmediato o empezarán a disparar y, mientras siguen los golpes en la puerta, yo trepo al sillón y de ahí alcanzo el marco de la ventana y la abro y siento cómo entra en la habitación el viento húmedo de invierno que hace un ruido sordo al chocar contra los muebles y puedo ver que el auto sigue allá abajo con las luces apagadas, sólo que esta vez tiene dos de sus puertas abiertas, y puedo ver sobre el motor una larga y recta varilla cromada que corre a perderse en la sombra proyectada en el suelo y veo también dos medios aros brillantes bajo la lluvia, y los golpes en la puerta me parecen cada vez más lejanos, muy lejanos, mientras la imagen del auto se acerca cada vez más rápidamente a mis pupilas y una mujer grita en algún lugar que no podría precisar.

Recuerdos patrióticos

Un hombre se levanta a las siete de la mañana y sale con toda la familia frente a su casa, ubicada en un barrio popular de Santiago.

Dispone una ordenada formación familiar y comienza a izar el pabellón argentino mientras las bocas del clan entonan el himno de la nación hermana con muestras de visible y sincera emoción.

El hecho es observado por un funcionario del Ministerio de Relaciones Exteriores, que pasa por el lugar debido a circunstancias fortuitas, y consulta en el acto su agenda de efemérides.

Apura el coche y llega realmente alterado a su despacho. Ordena a la secretaria que tome las medidas necesarias, previa revisión minuciosa de las fechas recordatorias.

A las nueve de la mañana todo el aposento ministerial se ha transformado en un mar de consultas y recíprocas acusaciones de inoperancia administrativa y posibles sabotajes. Como medida de emergencia se suspende la atención al público y es arrojado con violencia un personaje con ropas estrambóticas, que alega en francés ser el único representante autorizado de la República Federal Independiente de Janubi, ubicada en la costa suroeste del lago de Sonalía, y que por un error del *National Geographic* aparece como mar de Berenice en los mapas.

A las nueve y treinta y cinco minutos, el señor ministro de Relaciones Exteriores comprende que está solo y que todos los que le rodean son una manga de inútiles. Por lo tanto dispone como primera medida el envío de una ofrenda floral al monumento ecuestre al general San Martín y telefonea a su colega, el ministro de Educación y Cultura, para que ordene la concurrencia inmediata de alumnos y profesores de los establecimientos escolares cercanos al área.

A las once y treinta y cinco, junto al pedestal del héroe, hay unos mil doscientos educandos y medio centenar de profesores correctamente formados esperando la llegada del señor encargado de negocios de la nación hermana, que ha sido sorprendido por la noticia en el sillón del odontólogo, y con la boca abierta por estar caliente aún la tapadura de oro del incisivo izquierdo.

A las once y cincuenta, hora protocolar, se hace presente en el lugar de los hechos el señor encargado de negocios y, con palabras entrecortadas por la emoción, dice que este acto reafirma una vez más los lazos indisolubles que unen a nuestros pueblos en su marcha hacia un mañana mejor. Su alocución origina una larga ovación por parte de los educandos, y el señor encargado de negocios mira con íntima envidia a los funcionarios del protocolo chileno, que se acordaron, quién sabe por qué diablos, de este día memorable.

A continuación hace uso del estrado un funcionario del Ministerio de Relaciones Exteriores e invoca el heroísmo demostrado por chilenos y argentinos en la batalla que con tanta emoción recordaban.

Los discursos son protocolarmente lacónicos, y remata el acto una profesora del «cuarto letras» del colegio Sarmiento, quien con voz melosa lee unos versos del *Martín Fierro*.

Luego, en medio de las patas del caballo heroico, son depositadas las ofrendas florales y en un silencio sobrecogedor se escuchan los himnos de las dos naciones. Se dan los últimos apretones de manos, los coches oficiales se retiran precedidos por las sirenas de la policía, el orfeón sube al bus que lo lleva de regreso al cuartel y los escolares al parque.

El perspicaz funcionario que llevara este casi olvidado hecho histórico a la memoria del señor ministro recibe una felicitación en su hoja de vida y seguramente será propuesto para cargos de mayor responsabilidad.

En tanto, frente a una casa de un barrio popular de Santiago, una familia repite por décima vez la ceremonia de izar el pabellón argentino, ya con la pericia de un coro polifónico en la entonación del himno, porque todo debe estar bien preparado para el mediodía, para cuando llegue el hermano mayor de su viaje a Mendoza, con *jeans* Kansas para todos y un *long play* de Gardel para el abuelo.

Desencuentro puntual

Ortega le dio cuerda al despertador, dispuso la señal de alarma para que sonara exactamente a las cuatro y media de la mañana y, para mayor seguridad, telefoneó a un amigo pidiéndole que lo llamara a esa misma hora.

Al desanudar los cordones de los zapatos decidió que era estúpido acostarse, precipitarse entre las blancas barreras de un insomnio seguro. De tal manera que se alejó de la cama, fue hasta el lavabo y se refrescó la cara con agua fría. Seguidamente se echó el saco sobre los hombros, salió a la calle y empezó a caminar hacia la estación central.

Al llegar al enorme edificio gris, no quiso entrar de inmediato. Odiaba particularmente esa atmósfera de aburrimiento producida por los pasajeros que esperan un tren de cercanías entre cigarrillos y bostezos. Tenía tiempo. Faltaban aún más de cuatro horas para la llegada anunciada en un telegrama de inhumano laconismo. Entró a un cafetín.

«LLEGO TREN CINCO Y CUARTO STOP ESPERAME STOP ELENA STOP»

Cuando la muchacha le acercó la copa de coñac, supo que estaba tranquilo. Comprobó que la desazón que le apremiaba desde hacía semanas había desaparecido y que, en su lugar, la absurda certeza de continuar enamorado casi llegaba a irritarlo.

La llamada de Elena lo había sorprendido en la intimidad de su cuarto de hombre solo, en los momentos en que se dedicaba a destripar los recuerdos que goteaban las páginas de una novela de Semprún.

La inconfundible voz de Elena lo había sobresaltado de tal manera que se había quedado mudo, sosteniendo el auricular como si se tratase de un reptil, y ella preguntó varias veces si le había ocasionado un infarto.

Con un laconismo similar al del telegrama le dijo que se encontraba nuevamente en París, que venía de Madrid, donde aún tenía algunos amigos, y que estaba más vieja, bastante más vieja, recalcó.

Quince años dejan sus huellas perversas en las canas y en las arrugas que nos van transformando el alma en un mapa de lugares y emociones muertas.

«Tango», respondió Elena. «Letra de tango.»

Ortega paladeó el primer sorbo de coñac y se dijo que era absurdo envejecer. Se repitió que era morboso el mirarse cada mañana en el espejo y comprobar cómo un tramo de vida, imprescindible, de nosotros mismos, se nos ha quedado en algún lugar de la habitación donde dormimos, perdido para siempre. Maldiciendo una vez más al escritor emboscado bajo su pellejo, Ortega no pudo dejar de sonreír al pensar en su cuarto a eso de las nueve de la mañana, cuando la mujer de la limpieza vacía los ceniceros, abre las ventanas y sacude las sábanas. Qué cantidad de pelos, recuerdos, trocitos de piel, sueños, caspa y partículas de uno mismo caen y sirven de abono a los rosales del patio. Le vino a la mente un viaje con Elena, uno de los tantos viajes en tren de Madrid a Barcelona, de Barcelona a Valencia. Caminante, no hay camino...

Durante ese viaje, ahora imposible de localizar con exactitud en los laberintos de la memoria, Ortega le había detallado el argumento de una narración que escribiría algún día. Era muy simple.

Un hombre nace en un tren, en un vagón de segunda. Es amamantado con la leche que proviene de las diferentes estaciones en las que el tren se detiene. El hombre crece, aprende las cosas triviales, aunque necesarias, que lo atan a la realidad concreta, pero nunca abandona el tren. Lleva una existencia tranquila sin hacer nada más que mirar por la ventana, hasta que el bichito del amor empieza a cavar su madriguera entre su piel y la camisa. El hombre descubre entonces que posee un desconocido don. Puede evitarse cualquier tipo de complicación existencial por el mero hecho de apearse en la siguiente estación y tomar el tren en sentido inverso. Puede repetir esta treta salvadora cuando quiera, en cuanto la menor dificultad amenace con trastornar su tranquila vida de viajero.

«Lo que se llama filosofía de sacarle el culo a la jeringa», había contestado Elena.

Al reponerse del silencio, la voz de Elena formulaba algunas preguntas por el teléfono.

«¿Y tú? Al parecer te quedaste para siempre en Hamburgo. Supongo que te encontraré convertido en todo un señor alemán. ¿Usas también uno de esos gorritos azules de navegante? ¿Tienes contigo a una dulce alemancita a quien le enseñas ordenadamente a odiar el orden? ¿Te han llegado mis cartas? ¿Alguna vez has contestado?»

Quince años. París. Esa ciudad idiota.

Se habían separado cuando la última barricada era barrida por desganados obreros del municipio y el último grito de rebeldía bramaba su arrepentimiento en el despacho de un padre de familia acomodado.

De los viejos comuneros cenetistas no quedaba sino una vieja libreta con direcciones, la mayoría tachadas.

Elena.

Cuando el sagrado orden invadió victorioso las calles

parisinas y los franceses vistieron con más fervor que nunca la estupidez de su arrogancia, ellos habían iniciado un desorden de itinerarios forzados, que condujeron a Elena hasta un caluroso país centroamericano, y a él a la verde ciudad de Hamburgo, donde ahora esperaba bebiendo una tercera copa de coñac. Ocasionalmente se topaba con viejos conocidos, hombres que al recordar aquellos tiempos esbozaban una mueca amable, consultaban el reloj y se excusaban por tener que asistir a conferencias impostergables.

Por algunos de ellos supo que Elena viajaba por países de nombres que saben a frutas, a aventuras de piratas, a horas silenciosas frente a mares transparentes, a pieles de deseable tonalidad almibarada.

Pagó el consumo y empezó a caminar. Al entrar en la estación se detuvo frente a la pantalla de llegadas y consultó a qué andén arribaría el expreso París-Varsovia. Bajó las escaleras y esperó. Faltaban todavía cinco minutos.

Ortega se sentó en un peldaño y decidió preparar las palabras necesarias. Palabras que servirían de puente para atravesar un abismo de quince años.

Aunque lo evite, necesariamente hablarán de aquellos días, de los sueños, del pidamos lo imposible, del mañana es el primer día del resto de tu..., etc. De las consignas que a veces, al toparse con Dani «el Rojo» convertido en un impecable editor de periódicos y revistas ilegales, se le subían a la garganta formando una mucosidad cansada, deseosa de expectorar el mal trago de aquella historia.

Una voz anónima que informaba de la llegada del expreso lo sacó de sus cavilaciones sin haber encontrado las palabras. El tren se detuvo y Ortega se paró, alzó la cabeza todo cuanto se lo permitían los músculos del cuello y fue recorriendo las caras somnolientas de los viajeros que bajaban y los rostros nerviosos de quienes subían con el boleto en la mano. En medio de los empellones se sintió acometido por un nerviosismo creciente. Nunca le gustaron los encuentros ni las despedidas. La comuna había sido para ellos exactamente eso, la posibilidad de una vida continuada, ilimitada. Trotó por el andén recorriendo con la vista el interior tenuemente iluminado del tren. Corría al llegar a los últimos vagones y el silbato que ordenaba la partida lo sorprendió en medio de una carrera desaforada, esquivando como un jugador de rugby a los pasajeros retrasados, evitando chocar con los carros de la correspondencia. Los tres minutos de parada se habían esfumado demasiado rápidamente para quien ha esperado quince años. Pensó en un error de itinerario, en una confusión del telegrafista, y cuando el tren ya se movía vio el rostro de Elena dibujado en los cristales.

—¡Elena! —gritó—. ¡Elena!

La mujer se limitó a responderle con una sonrisa. Le envió un sutil beso encerrado entre los dedos, y le indicó, en un costado del vagón, la palabra Varsovia.

Ortega permaneció quieto, comprobando cómo el tren desaparecía en un hueco de luminosidad matinal que ya se insinuaba, y al pensar en el alba jugó a que la entendía. Elena. Varsovia. Luchar contra el poder. ¡Joder! La misma historia.

Pequeña biografía de un grande del mundo

> Nuestras historias de hoy no tienen por qué haber ocurrido ahora.
>
> Günter Grass

En ese tren que se acerca cruzando los pantanos, en ese tren que todavía no podemos ver, pero sí presentir en las maldiciones de los viajeros atacados por nubes de mosquitos, en ese tren, como siempre, viene la vida y la muerte.

Usted lo sabe, aunque con su actitud terca y ausente se niega a aceptarlo, lo sabe, porque usted mismo fue el que mandó tender ese ferrocarril que nos trajo la desolación y que en su vientre de acero nos llevó a conocer las desgracias de otras latitudes.

Y yo le hablo, mi general, yo le digo esto porque me encargaron entretenerlo a esta hora húmeda de la siesta hasta que el tren llegue, se detenga, y los funcionarios del gobierno bajen con los papeles oficiales que nos dirán si usted es un héroe o un canalla. Pero usted no me escucha. Usted insiste en permanecer con sus ojos clavados en un punto de la calle. Usted no me escucha y yo sé que está mirando el pedazo de lata azul que indica el nombre de la calle.

«Calle del Rey Don Pedro.» ¿Rey de dónde?, se preguntaron una vez los concejales de turno. La patria ha tenido siempre tantos héroes esperando en los archivos del olvido que hubiera bastado con tomar uno al azar para dejar contentos a moros y cristianos en el bautizo de una calle, por ejemplo, esta misma calle que comienza en los burdeles adosados a la estación y termina en las paredes blancas de la cárcel.

«Fue un rey castellano, pendejos. Su nombre lo encuentran en cualquier edición del almanaque *Bristol*.»

La indicación bastó, mi general, para que los profesores de historia se arremolinaran cada tarde frente a la oficina del correo esperando los libros del canciller López de Ayala, del conde de la Roca, Juan Antonio de Vera y Figueroa, libros que fueron evidenciando la biografía terrible de un castellano malvado que no fue posible enseñar a los alumnos, y qué vaina, a la calle ya le habíamos puesto el nombre.

Con todo respeto, mi general, tengo que decir que usted me da un poco de pena con su aspecto de pájaro perdido.

Cuando le abrí la puerta de la celda para que recibiera un poco de luz diurna, usted se me quedó mirando, así como si quisiera encontrar una respuesta al porqué de ese cuartucho inmundo en el que lo tenemos. Estoy seguro de que recordó otra habitación también oscura y hedionda a ratas y a meados de animal nocturno, otra habitación en la que lo encerraron justo el día en que cumplía sus quince años y estaba cansado de vagar por los campos mendigando un trozo de yuca para engañar el hambre.

A ese cuarto oscuro me lo metieron, mi general, luego de muchas recriminaciones por haber dejado abandonado a los gallinazos el cadáver de su santa madre. Cuando le abrieron la puerta, un hombre altivo le presentó ceremonioso a los otros nueve muchachos que lo miraban desconfiados, que no podían creer en la elasticidad de sus músculos montubios, que gritaban «¡Miren el mono! ¡Miren el mono!» cada vez que usted trepaba a los aguacates del patio para sacar los mejores, los más asoleados. Eran «los otros», mi general. Los que dormían en las habitaciones frescas de la casa grande, los que tenían las ventanas debidamente protegidas contra el zumbido de los tábanos, los que reposaban tras el suspiro blanco del mosquitero de tul que los aislaba de la peste de las arenillas, malditos moscos diminutos que en las noches se meten entre los pelos de la cabeza y pican hasta los buenos pensamientos. Por el contrario, a usted le tocaba dormir en el cuarto húmedo que le habilitaron junto a los establos, porque usted, mi general, era un bastardo recogido por su señor padre en un arrebato de conciencia, similar al que tuvo cuando, luego de aporrearlo en el mismo lugar donde lo sorprendió perdido entre las tetas de la cocinera, lo abrazó y, mirándolo fijamente a los ojos, le dijo que todo lo hacía por su bien. Que incluso esos azotes propinados con la fusta de su soberbia de jinete omnipotente, y que le dejaron las nalgas convertidas en un cardenal, eran por su bien. Que comprendía que estaba sintiendo la necesidad de usar los atributos de la hombría, pero que en ningún caso estaba bien que comenzara tirándose a las hembras del servicio que él cobijaba en su casa, y le dijo que el fuego de los primeros años hay que saber medirlo, porque, mírame a mí, por ejemplo, que en un momento de calentura me monté a la que fuera tu santa madre y la preñé sin quererlo. Tienes que aprender que a las mujeres del monte a veces se las preña con sólo mirarlas, y no está bien empezar a repartir hijos por el mundo antes de saber sonarse los mocos.

Y usted entendió, mi general. Entendió entre otras cosas que en esta vida hay abismos que resulta mejor ignorar. Entendió que su pelambrera de mulo nunca alcanzaría la docilidad del cabello de sus medio hermanos, que su pellejo pardo nunca alcanzaría el brillo mate del sol tomado a ratos en los prados de la casa. Entendió que su pellejo estaba destinado a tener la tersura de un cuero de tambor y el color que determinaran las lluvias y las hambres por soportar. Y, por sobre todo, usted entendió, en las negativas risueñas de las mujeres de servicio, que primero decían no, no, bueno ya, pero que sea a la sombrita, que era bueno tener en las manos y en la sangre aseguradas las riendas de un pequeño poder que iría acrecentándose con el paso de los años y con la sabiduría de sus futuras decisiones. Entendió que esta vida es de los duros, mi general. De los que agachan la cabeza cuanto les es posible y esconden las manos para que los demás no se percaten del rosario de odios que lentamente se va formando entre los dedos.

Todo eso entendió usted, mi general. Y en esa habitación hedionda a ratas y a meados de animal nocturno, usted esperó pacientemente a que su señor padre terminara de cenar y, cuando salió a su acostumbrado paseo digestivo en compañía de los perros, usted lo abordó y con todo respeto le dijo que quería ser militar.

Me parece que le está gustando que le hable, mi general. Y tengo que hacerlo, ya que me encargaron que lo entretuviese mientras esperamos ese tren que ahora cruza los pantanos. Su tren, mi general. El mismo tren que la Company nos trajo luego de que usted se encargara de cerrarles la boca para siempre a todos los bandidos, poetas y profesores de primaria que andaban por ahí jorobando, diciendo en cada pueblo que el banano era la mierda verde que emporcaba las mesas de los pobres.

Todavía humean las hogueras del recuerdo, las mismas sobre las que usted mandó asar a fuego lento a todos los ateos, liberales, a los que con discursos perturbadores se oponían al progreso de la patria.

Así que usted se nos hizo militar, y de los buenos. Tanto así que una mañana sacó a patadas a todos los civiles que conspiraban contra los intereses nacionales en el palacio del mando, y dijo que había que poner orden en la cloaca, que se había visto forzado a vestir los ropajes del poder y que sería por poco tiempo. Y qué tiempos, mi general. Tiempos festivos en los que se dictaban solemnes bandos acompañados de fanfarrias cívicas, convocando a elecciones democráticas, mientras las manos secretas del poder metían sutilmente los objetos del patrimonio histórico bajo la cama de los opositores. Los mismos que más tarde eran defenestrados por el populacho, por la chusma convenientemente envalentonada en las cantinas de su propiedad. Pobres tipos, los opositores. Eran arrastrados y pateados hasta el cansancio y, mientras les quedaba boca, seguían jurando no saber nada acerca de los óleos de la Inmaculada Concepción, aparecidos bajo el tapete del comedor en un allanamiento provocado por la santa ira del pueblo ante tan impío saqueo a los altares de la patria, porque todo se puede robar, carajo, todo menos el honor nacional, que no cabe en ningún saco, como decían los implacables fiscales de la corte marcial, antes de pedir la pena máxima para los acusados, y deshonrados públicamente, de confiscar su patrimonio. Pena que no pasaba de ser una macabra broma suya, mi general, porque lo que dejaban los perros ya se lo habían comido los gallinazos del manglar, y de los acusados no quedaba más que el nombre.

Usted se nos afirmó en el mando y a nosotros no nos importaba. Ese mismo tren que ahora cruza los pantanos se encargaba de llevarlo a la cabeza de su ejército impecable hasta territorios selváticos que ni siquiera existían en la imaginación de los cartógrafos. El tren pasaba lleno de peones y varas de metal que prolongaban el progreso y regresaba cargado de banano verde y de hombres que, sin mediar música alguna, no paraban de bailar el sambenito, enloquecidos por la fiebre y la malaria.

«¿Hasta dónde va a llegar esta vez, mi general?», le

gritaba el populacho concentrado en la estación. Y usted nos respondía: «Hasta la misma fabulosa Ciudad Perdida de los Césares, que tiene los pisos adoquinados de oro y el cielo cuajado de esmeraldas maduras que caen cuando soplan los buenos vientos de los cambios astrológicos. Voy a regresar vistiendo la armadura de Ponce de León. ¡Ya van a ver, cabrones!».

Cómo nos hablaba usted, mi general, qué vaina. Desde su vagón personal y acompañado por los místeres de la Company usted nos hablaba y nos hacía soñar con la riqueza. Nos decía que, en cuanto el tren llegase al otro confín de la espesura, tendríamos que turnarnos para comer pescado de los dos océanos en cada viernes santo. Nos decía que tendríamos unos panes tan enormes que había desde ya que dictar un decreto presidencial para limitar el tamaño y pudieran entrar por la puerta de las casas. Nos decía que tendríamos tanto dinero que los niños expósitos sacarían el número del perdedor en la lotería. Y nosotros lo aplaudíamos, mi general, hasta que su tren se perdía tragado por el monte.

¿Se acuerda de aquel día en que su tren regresó en medio de chirridos desacompasados y sin la compañía de los místeres? Su tren, el que nos llenó las calles de soldados que nos arrejuntaron como a bestias en medio de la plaza de armas para que usted nos dijera que estábamos en guerra, que se acababa la fiesta y empezaba un tiempo de cojones.

En un abrir y cerrar de ojos usted nos cambió el sonido de las guitarras por un coro de gritos lastimeros que le imploraban, con las bocas ennegrecidas de odio y pólvora: «Déjeme morir de una maldita vez, mi general, mire que el obús me llevó las dos piernas, la liberal y la conservadora, y ahora no sé llegar a ninguna parte. Mire que estoy cagado, mi general, péguame un tiro aquí, en medio de estos ojos que se apagaron mucho antes de conocerlo en su retrato de los billetes de cien pesos, hágame el honor, mi general». Y usted respondiendo: «No te hagas el herido, cabrón, que el que tiene manos todavía se puede sobar la verga».

Así que nos vistió a todos de soldados, mi general. Su tren fue equipado con un vagón de cirujanos que, sierra en mano, revisaban a los moribundos y, en nombre de la patria, iban rescatando los miembros que les parecían utilizables. El tren nos llevaba enteros hasta los campos de discordia y, al regresar, ya no estábamos seguros de venir completos.

El tren dejó de ser alegre para nosotros. Las mujeres dejaron de esperarlo para que usted apadrinara a los séptimos hijos, como en los buenos tiempos, cuando los tomaba en brazos sin importarle si habían sido legítimamente concebidos entre sábanas blancas o si eran fruto de los desafueros del carnaval.

¿Se acuerda de esa mañana en que el tren no se movió y usted permaneció encerrado, abofeteando a los ingenieros que le habían proporcionado mapas falsos? Ese fue el día en que amanecimos sitiados.

No nos quedaba otra que invocar a la suerte para que nos sacara de ese mal paso. ¡Y cómo lo hicimos! Arrasamos los bosques y las plantaciones a fuego vivo. Arrasamos los trigales verdes y los bananales de miel, los bosques de eucaliptus para los tísicos y los pastizales de las vacas del poder. Lo arrasamos todo. Las llamas podían verse desde los dos océanos y la humareda dejó negros los rostros cabrones de los angelitos de ese cielo cabrón que nos abandonó. Lo arrasamos todo con el fuego sagrado del patriotismo y sembramos todos los campos con trébol de cuatro hojas. Cazamos todos los conejos, y les cortamos las cuatro patas hasta no dejar sino millones de bolitas peludas y sangrantes que corrían parados sobre las orejas, para que las tropas de mi general tuvieran no una, sino cuatro patas de la buena suerte colgándoles del cuello. Repartimos los escapularios oficiales del poder, que tenían estampas de todos los santos consignados en el almanaque *Bristol*. Escapularios enormes que los más herejes utilizaban como mantas, para abrigarse cuando las fiebres del trópico se les metían en las entrañas. Por ese mismo tiempo, usted, mi general, sentado en la poltrona del mando dictó el decreto presidencial en tiempo de guerra que declaraba ciudadanos de buena fortuna a todos los jorobados que se encontraran en el territorio nacional, con pensión vitalicia proporcional al tamaño de la joroba, y decretó al mismo tiempo la expulsión inmediata del país de todo extranjero que no fuera jorobado. Al poco tiempo nos vimos invadidos por la inmigración más grande de jorobados procedentes de todas las latitudes del sextante, invasión que aumentó con la llegada de miles de lisiados cuando usted, mi general, mediante un nuevo decreto presidencial en tiempo de guerra, dispuso que también eran ciudadanos de la buena fortuna los mancos que levantaron las manos contra sus padres queridos, los cojos que transitaron por el sendero del mal, los ciegos que cantan vida mía no me abandones con viejos acordeones y que miraron más allá de lo permitido en las Sagradas Escrituras, los desorejados por escuchar mentiras de los gitanos, los gemelos pegados por la espalda, que son hijos de primos que viven en casas vecinas, los sietemesinos, que son hijos de padres desconocidos que amaron demasiado rápido, y las mujeres tristes con nubes galácticas en los ojos por suspirar mirando al cielo durante las fiestas de guardar.

Vinieron, mi general. Vinieron por miles los lisiados. Vinieron tantos que la república sitiada se convirtió en un gigantesco dispensario de horrores para la buena fortuna. Un reino de horrores y mutilaciones. Un lugar donde estar entero constituía delito flagrante de traición a la patria. Un rincón del mundo donde los ritmos se bailaban tan desacompasadamente que los músicos se ahorcaban con las cuerdas de los violines.

Y la suerte nos respondió, mi general. Cuando ya estábamos desesperanzados contemplando los errores incalificables que cometía Yamilet, la niña milagrosa de Talagante del Sur, que hizo que un ciego no recuperara la vista, pero que en cambio adquiriera una velocidad prodigiosa con sus piernas y muriera a consecuencia del golpe que se dio contra una piedra que no pudo ver, y que hizo que un cojo no caminara derecho, pero que pudiera ver lo que pasaba más allá del horizonte y que muriera atropellado por su tren militar mientras contemplaba feliz cómo un trapecista atravesaba las cataratas del Niágara caminando sobre una cuerda floja y con la vista vendada. En esos mismos instantes de desazón apareció usted, mi general, nuevamente acompañado por los místeres de la Company, y nos dijo que había que trabajar, carajo, que ya estaba bueno de fiestas, que no había que ser tan vagos, que debíamos regresar a los bananales y denunciar de inmediato a los provocadores que andaban por ahí con el cuento de que habíamos estado en guerra.

De esta manera, mi general, todos aquellos episodios de hecatombe quedaron desterrados del recuerdo inmediato por obra y gracia de los historiadores oficiales, escribanos con levita que hacían desaparecer las inscripciones parroquiales, de tal manera que, mujer, ¿de qué carajo de muerto me estás hablando? Si nunca nació, mal pudo entonces haber fallecido, mujer, son rumores que inventan los traidores a la patria, carajo, qué cosas se traen. Y a usted, mi general, no le importaron los barracones repletos de cadáveres esperando el tren del infierno, ni las maldiciones de las viudas que juraban haber enterrado a sus hombres con un par de piernas prestadas que tal vez les hubieran venido muy bien para bailar el sanjuanito, pero que zapateaban de forma aterradora en las noches sin luna, o con un ojo azul de marinero, que les quedaba muy bien, pero que no dejaba de parpadear en la memoria.

　El tiempo fue pasando, mi general. A usted lo vimos algunas veces cruzando los bananales en su vagón de mando. Más tarde nos dijeron que se andaba por el norte armando montoneras, que los civiles matreros me lo habían sacado a patadas del palacio de mando. Luego nos llegaron con su retrato de siempre, con la banda de los presidentes terciándole el pecho, y a la semana siguiente los alguaciles arrancaron su retrato de todas las dependencias públicas, lamentando que el papel fuera tan grueso y no sirviera siquiera para limpiarse el culo, y para rematar, ayer nos llega usted, mi general, desprovisto de toda la autoridad resplandeciente de otros tiempos, hediondo a meados y a sudor de mulas.

　A esta hora, su tren, mi general, ya tiene que haber cruzado los pantanos. Ya puede verse cómo el pueblo va despertando de la siesta. Yo no duermo, mi general. Estoy viejo, como usted, y guardo mi sueño para la noche larga de la muerte. Por eso me encargaron que lo acompañara y que lo entretuviera. Me dijeron también que tuviera cuidado, eso sí, mucho cuidado. Y aquí estoy, hablándole mientras usted hace el que no escucha y sigue mirando el pedazo de lata azul con el nombre de la calle. Puedo seguir hablándole. Mi misión es entretenerlo hasta que llegue el tren, pero usted, mi general, se me queda quietecito, mire que tengo el trabuco listo, y si usted se me pone guapo, con todo respeto, mi general, yo me lo cargo.

　Ya falta poco. Ya verá usted que en pocos minutos el tren se detendrá, de él bajarán los funcionarios con los papeles oficiales, los que nos dirán si usted sigue siendo un héroe o si, por el contrario, se nos ha puesto canalla últimamente.

Actas de Tola

Acta primera

—Muy bien. Ellos mismos se lo buscaron. En este país, señores, se acabó el tiempo de los revoltosos. Orden y disciplina son las únicas consignas permitidas. A esos gallitos aniñados, ¿cuántos son?, ¿doce?, a ésos voy a mandarlos a un lugar tan desierto y aburrido que en unas pocas semanas van a implorar por que se les dé la oportunidad de regresar a la ciudad grande. Capitán Espinoza, búsqueme en el mapa el lugar más mierda e indíquemelo con el dedo.

El capitán hizo sonar los tacones, extendió una gran carta geográfica sobre la mesa de operaciones y, obedeciendo las órdenes del Investido, indicó un punto amarillo situado entre dos quebradizas líneas de color marrón.

—Aquí, mi general. Tola. Siguiendo desde Antofagasta la línea recta del Trópico de Capricornio, que es la distancia más corta entre dos puntos...

—¿El Trópico de Capricornio?

—No, mi general. La recta.

—¡No se me vaya por las ramas, Espinoza! ¡Prosiga!

—¡A sus órdenes, mi general! Como decía, siguiendo la recta del Trópico de Capricornio y saliendo desde Antofagasta se avanzan unos trescientos kilómetros en dirección este para llegar hasta la cordillera de sal...

—¿Es transitable la línea ésa?..., ¿cómo se llama? ¿Capri cuánto?

—Es una línea teórica, mi general.

—¡No me venga usted también con huevadas teóricas, Espinoza! ¡Prosiga!

—¡A sus órdenes, mi general! Una vez cruzada la cordillera de sal, se llega al famoso Salar de Atacama. Un infierno seco, mi general. Allí los escupos se momifican antes de llegar al suelo. Justo en medio del Salar de Atacama se encuentra Tola.

—¡Me gusta, Espinoza! Me gusta. ¿Tienen alguna chance de arrancarse de allí estos gallos?

—Negativo, mi general. No hay caminos. Y si alguna vez los hubo, han desaparecido tragados por el arenal. Es un pueblo muerto, abandonado hace más de cincuenta años al cerrar la última oficina salitrera que operaba en la zona. No tienen cómo salir de ese hoyo. El único lugar poblado, San Pedro de Atacama, queda a unos cincuenta kilómetros al norte, y allí tenemos a dos compañías de zapadores controlando el área. Un poco más al norte está la Pampa del Tamarugal, tan árida e inhóspita como el salar mismo. Al este tienen la cordillera de los Andes en su parte más inaccesible, al oeste la cordillera de sal que ya he nombrado, y al sur el Salar de Punta Negra, es decir, desierto y soledad por todos lados...

—Muy bien pensado el sitio, Espinoza. Allá se me van de vacaciones estos gallos revoltosos. Así van a aprender de una vez por todas quién es el que manda aquí. ¿Totalmente seguro de que no hay caminos de salida?

—Positivo, mi general. Lo único que existe allá son las oxidadas líneas del ferrocarril inglés que antes comunicaba las salitreras. Si quieren salir de allí por vía férrea, pueden esperar el tren hasta que revienten.

—Me gusta, Espinoza. Me gusta. ¿Cómo dijo que se llamaba el pueblucho?

—Tola, mi general. Se llama Tola.

Acta segunda

Al norte nos mandan, gancho. Se lo oí decir a un milico cuando nos sacaron al cagadero. ¿Has estado alguna vez en el norte? Durazo el clima por esos pagos, gancho. Durante el día el caregallo pega tan fuerte que revienta la piel de la cara y todos los cristianos terminan con pinta de cirróticos. Por las noches lo envuelve a uno un frío que cala hasta los huesos, y al amanecer llega siempre la camanchaca, un rocío helado que soportan solamente los pampinos. Mire. Parece que ya nos vamos. ¿Se dio cuenta que somos doce? Doce, como los apóstoles. A propósito, no nos hemos presentado. Chóquela, Juan Riquelme para servírmelo en todo cuanto pueda. ¿Cómo? ¿Pedro Arancibia se llama? Gancho, los dos tenemos nombre de santo. ¿Y en qué se las machuca, don Pedro? ¿Profesor? Mire qué interesante. ¿Yo? Yo soy tiznado. ¿Cómo? ¿No me entiende? Tiznado, gancho. Soy ferroviario. Tiznado. Así nos dicen desde los tiempos de las locomotoras a carbón. En mi familia somos casi todos tiznados. Mi viejo, por ejemplo, se las machucó toda su vida como guardavías en una estación sureña, y yo trabajo como maquinista en el *Pancho*. ¿No me entiende? El *Pancho*. El expreso Santiago-Valparaíso. Bueno, tal vez debo decir que trabajaba, porque cuando salga de ésta no creo que me reincorporen al trabajo. Seguro que me anotaron en la lista negra pese a que hace más de veinte años que echo los bofes en Ferrocarriles. Pero ¡arriba el ánimo, gancho! ¡No hay mal que dure cien años ni perro que los resista! Nos vamos al norte, don Peyuco, y esto debe de tener también su lado bueno. Como dijo el oculista, las cosas de la vida dependen del cristal con que se las mire. ¿Se da cuenta? Todavía no podemos decir que estamos fritos, como dijo el pescado cuando lo tiraban a la sartén. En el *Pampino* nos vamos. Y prepárese, gancho, porque el viaje va a ser largo.

Acta tercera

Este viaje es diferente y, absurdamente, de alguna manera quisiera rescatarlo. Sí. Rescatarlo. Cambiar el sentido del tren en marcha, invertirlo todo. Los asientos duros del vagón de segunda, las miradas entre hostiles y aburridas de los soldados que nos custodian, las palabras-siglas FF.CC. del Estado, el vaivén antaño dulcemente adormecedor y que ahora provoca insomnio. Si Neruda... y está muerto. Si Neruda estuviera aquí, en el asiento de enfrente, cara a cara a la vida, le preguntaría con la honestidad de un niño: «Don Pablo, ¿qué ocurrirá cuando el tren se detenga?». Me respondería: «Cuando descansa el largo tren se juntan los amigos...». Y así ocurrirá seguramente con todos los trenes del mundo, menos con éste.

Chakatakak. Chakatakak. Chakatakak. Se mueve. Avanza la serpiente de acero. Ya se divisa la sequedad de Til Til cuando en realidad deberían ser los melonares del Maipo los que acariciaran de verdor las ventanas.

Chakatakak. Chakatakak. Chakatakak. «Cuando descansa el largo tren se juntan los amigos, entran, se abren las puertas de mi infancia...» Somos doce que bien pudieran ser un equipo de fútbol, ¿por qué no? El Unidos Venceremos F.C. del barrio Independencia que acude al campo de honor para medirse con el Buenos Muchachos F.C. de Paine. Siguiendo las viejas costumbres deportivas, perderemos. Siempre los visitantes han de dejar a los locales el placer de la victoria, marcando eso sí el tanto del honor poco antes de finalizar el encuentro. Entonces los dueños de casa serán generosos en su euforia, y el aroma de la vaquilla asada sobre leños de peumo nos seguirá en el viaje de regreso en el último tren, en el tren de los borrachos, el tren local de condimentados pollos fiambre y de botellas de mosto que irán renovándose en todas las estaciones.

Chakatakak. Chakatakak. Chakatakak. Somos doce que bien pudieran ser una alegre comitiva de amigos que van a un casamiento. ¿Dónde? ¿Quién se casa? ¡En Rancagua! Desde luego. En la primera estación grande del sur se nos casamentean, ¿qué les parece?, el Ramón y la Olga. ¡Vino como para bañar caballos y arroz para arrojar a los novios! Llorarán las viejas repartiendo tragos a destajo, y el novio pensará en las piernas de su amada mientras saboreamos los muslitos de pava, magnamente eróticos nadando en la cazuela, pero... Chakatakak. Chakatakak. Chakatakak. No son los viñedos rancagüinos. No es el ramal cordillerano. No son los breves trenes que trepan hasta las minas de cobre y regresan trayendo en su vientre el destello eterno de las fundiciones los que se dibujan allá afuera. Cruzamos la tierra envejecida de La Ligua, epicentro de catástrofes, chivo expiatorio del odio que a veces con terremotos nos manifiesta la tierra. Chakatakak. Chakatakak. Chakatakak. «Cuando descansa el largo tren se juntan los amigos, entran, se abren las puertas de mi infancia, la mesa se sacude...» En la violenta luz de la tarde Illapel nos prepara los ojos para el enfrentamiento con el impostergable desierto que ha de comenzar en pocas horas. Chakatakak. Chakatakak. Chakatakak. ¿Por qué la historia de esos días no tiene la amorosa lógica del reloj de arena? Bastaría entonces con invertirla y nos encontraríamos a la entrada de Talca, entre alamedas silvestres y tórtolas que esperan cansinas la llegada del cazador. Somos doce. ¿Por qué no?, como los Doce de la Fama, lejanos españoles que perdieron para siempre la puerta de salida. Somos doce que, ordenadamente, tomaríamos lugar frente a la máquina de cajón del fotógrafo en la plaza de armas cuadrada y castellana. Miraríamos el pajarito para ser luego doce negros con el pelo blanco, todos cabeza abajo esperando a que el mago de la imagen reapareciera desde la oscuridad de su mínimo templo enfranelado, y nos entregara la postal con la leyenda «Talca, París y Londres», heráldica orgullosa de latifundistas arruinados, que siguen citándose a las cinco de la tarde, discretamente, a tomar «onces», porque once son las letras del aguardiente que liban en vasitos altos como el meñique, en tanto el bar de la estación se llena de carcajadas y frases de asombro producidas por la impecable rima de los «puetas», vates del tren rápido a Puerto Montt que declaman los versos, los buenos versos, y ofrecen al viajero, entre avellanas y tortas, la flor recién impresa de «La Lira Popular», pero... chakatakak... chakatakak... Chakatakak. El tren no se detiene. No lo hará hasta que hayamos avistado Ovalle y, entre la soledad y el silencio, la tumba tranquila de la Mistral, nuestra Gabriela.

Chakatakak. Chakatakak. Chakatakak. ¿Ha subido alguien más? Este vagón ha sido enteramente reservado para nosotros, los doce apestados, los que contrajeron el cólera, la peste amarilla, roja o negra. Los doce que van camino de su cuarentena de silencio. En La Serena casi tocamos el mar, el Pacífico que enmohece la estatua de Francisco de Aguirre y nos golpea la cara indicándonos que de ahí en adelante todo será luz y mineral.

Chakatakak. Chakatakak. Chakatakak. «Cuando descansa el largo tren se juntan los amigos, entran, se abren las puertas de mi infancia, la mesa se sacude al golpe de una mano ferroviaria, chocan los gruesos vasos del hermano y destella el fulgor de los ojos del vino...» Chakatakak. Chakatakak. Pasan nombres rodeados de viejas calaminas. Chakatakak... chakatakak... Vallemar... chakatakak... Punta de Díaz... chakatakak... Chacarita... chakatakak... Castilla... chakatakak... Copiapó aparecerá como un fantasma en la garúa y el silbato del tren removerá los espectros de los buscadores de oro, de todas las fortunas arrebatadas por el garrote del rey de bastos... Chañaral... chakatakak... Antofagasta finalmente dormida entre las penumbras de Huanchaca que aún huelen a plata y a sangre como una basílica romana... Chakatakak... Chakatakak... Entre las miradas alucinadas de llamas y vicuñas emprendemos el rumbo de la altura. Sierra. Todo es sierra. Sierra de León. Sierra. Sierra del Carmen. Sierra. Sierra Septiembre. Sierra. Sierra Amarilla. Sierra. Sierra del Buitre. Sierra. Sierra sin nombre. No. Estos cuatro palos fueron bautizados. Tola.

Acta cuarta

—Señores. Por disposición del supremo gobierno y en conformidad a la legislación en tiempo de guerra, ustedes permanecerán en este lugar hasta nueva orden. Recibirán abastecimiento una vez cada quince días. Muy cerca encontrarán un pozo con agua perfectamente potable. No deben sentirse abandonados. Una vez al mes recibirán la visita de un practicante del ejército por si se presentan problemas de salud, cosa que dudo, en tanto lo único que pueden hacer aquí es ejercicio, mucho ejercicio. Como ha dicho nuestro capitán general, mente sana en cuerpo sano. Señores, les deseo una agradable estadía en este tranquilo rincón de la patria y les recomiendo pensar en los errores cometidos a fin de no repetirlos. Es todo, señores. Rompan filas.

Acta quinta

—Moya. ¿Estai dormido, Moyita? Putas que hace frío, Moyita. No puedo dormir pensando en esos chatos que dejamos en Tola. Se pueden morir allí, Moyita. Yo sé lo que te digo. Yo soy pampino, Moyita. Los mamani somos de un poco más al norte. Yo sé lo que te digo. Putas que hace frío. Los miré muy bien durante todo el viaje y no me parecieron malos tipos. ¿Viste cómo nos convidaron de sus puchos? ¿Viste cómo nos ofrecieron sus viandas? Putas que es vaca mi teniente García. El también es vaqueano de la zona y sabe que de ese pozo no se puede tomar ni una gota sin terminar con cagadera. Es agua sulfatada, Moyita, hay que hervirla varias horas antes de poder tomarla. Putas que es vaca el conche su madre. Esos cristianos se van a morir allí, Moyita. Son paisanos, y los paisas no saben sobrevivir como nosotros. ¿Cómo decís? ¿Que quién los mandó a meterse en huevadas? Tenís razón, Moyita. Pero yo creo que hubiera bastado con meterlos a la capacha. ¿Pa' qué tirarlos a cagar tanto a los paisanos? Sí. Te dejo dormir. Ya no te doy más lata, pero es que putas que hace frío, Moyita. Y el frío me hace pensar en los paisanos.

Acta sexta

—Buena la idea de hervir el agua, don Peyuco. No está mal el lugarcito, ¿no le parece? Todavía hay varias casas habitables, pero yo pienso que es mejor que sigamos todos juntos en la estación. ¿Sabe? Creo que los milicos quisieron reventarnos por dos lados: por el agua y por el frío. Pero les salió el tiro por la culata, porque leña tenemos para varios años y con su idea de hacer hervir el agua vamos a estar más sanos que un yogur.

Pero yo quería hablarle de otra cosa, don Peyuco. Con lo que voy a decirle usted va a pensar que se me corrió una teja, pero tranquilo, gancho. Yo soy más serio que una foto y de locos todos tenemos un poco. ¿No me entiende? Vamos al grano, dijo la gallina. Usted ha visto que desde que llegamos he estado recorriendo las líneas. Bueno. El asunto es que en las dos direcciones hay varios kilómetros en estado impecable, es cuestión de apartar la arena no más. ¿Sabe? He pensado y pensado, y de pronto me he dicho: a lo mejor a los muchachos les gustaría darse un paseíto turístico... ¿Ve cómo piensa que estoy loco? Seguro que supone que mi idea es formarlos en fila india entre los rieles y luego hacerlos correr gritando chucu chucu. No, don Peyuco. Está más errado que un caballo. Venga conmigo. Quiero mostrarle un tesoro.

Acta séptima

Ignoro si te llegará esta carta que entregaré a los soldados cuando nos traigan las provisiones. No dejo de pensar en el viaje. Fue tan largo. Imagínate a doce hombres más los veinte soldados que nos custodiaban, viajando en el lento, lentísimo tren del norte, en el *Pampino*. Como ves, ya he aprendido algo, por lo menos el nombre del tren. Yo no conocía del norte nada más que lo leído en las crónicas dolorosas del tiempo de Recabarren y Laferte, o de la guerra del Pacífico. Es muy distinto a todo cuanto uno puede imaginarse leyendo bien abrigado en la casa o protegido del calor por los muros de la Biblioteca Nacional. Estoy bien. Estamos bien, muy bien, y de eso quiero hablarte. Entre nosotros hay un hombre muy especial, Juan Riquelme, un ferroviario, que desde el comienzo se evidenció como «el alma del equipo», según sus propias palabras. Es el pícaro español en versión criolla. Pedro Urdemalas en el destierro. Nos vino narrando la historia de cada pequeño pueblo que cruzamos y nos explicó, con los aires de un Einstein disertando sobre la relatividad, el porqué de la lentitud desesperante del tren nortino. Durante los primeros días nos preocupó mucho su comportamiento, para ser franco, pensamos que algo le fallaba en la cabeza. Se levantaba muy temprano y, premunido de una especie de escobillón que él mismo fabricó, se marchaba barriendo la arena que cubría la línea derecha del antiguo tendido, del ferrocarril inglés que antaño servía en las salitreras. Lo veíamos avanzar lentamente hasta que su figura no era nada más que un incierto punto en el horizonte. Al atardecer reaparecía con la misma parsimoniosa lentitud, pero ahora limpiando la línea izquierda. Repitió esta tarea varios días sin decir una palabra y, al finalizar la segunda semana, nos convocó en un galpón alejado y, no vas a creerme, pero en ese lugar había, hay, dos locomotoras viejísimas, como esas que se ven en los filmes del Oeste norteamericano. Dos máquinas de carbón o leña. Dos máquinas de vapor, como pacientemente nos ha explicado Juan Riquelme. Vas a pensar que he enloquecido, que todos hemos enloquecido, que el sol nos ha secado el coco aquí, en medio del desierto, pero el caso es que todos estamos metidos de cabeza en la tarea de echar a andar una de las máquinas. Además de Riquelme, el único de nosotros que entiende de mecánica, fierros y esas cosas, es Arancibia, un profesor de escuela industrial que se ha hecho uña y mugre con Riquelme. Ambos nos aseguran que es posible mover uno de los mastodontes. No pienses que se trata de un posible plan de fuga. No. Ninguno de nosotros es tan idiota como para proponerse algo semejante. Se trata simplemente de, ¿cómo decirlo?, un juego fascinante contra la adversidad y en el que lo único verdaderamente importante es ganar la posibilidad de seguir soñando...

Acta octava

—... Eh..., maestro Riquelme..., acérquese un tanto..., ¡ahí no más! Péguese una meada también, pa' disimular, mire que el teniente tiene ojos hasta en la nuca. Le mandé la carta a la familia y ya contestaron. Mi teniente no quiso traerles la correspondencia porque dice que hay que mantenerlos incomunicados. De puro vaca lo hace. Yo leí la carta de su señora y dice que todos están bien y que a la menorcita le han salido tres dientes de leche. Hay también cartas para el profesor y para dos de sus colegas, pero no pude leerlas porque todavía soy medio analfabestia y me demoro mucho en la lectura. De nada. Oiga, maestro, en las ruinas de la capilla le dejé las limas y la sierra que me pidió. Es lo único que pude acarrear porque mi teniente andaba medio saltón. Gancho, no se vayan a meter en forros, mire que el huevón ése es capaz de fusilarlos. Yo le advierto no más, gancho. Es trago amargo el tenientito...

Acta novena

—Con paciencia, muchachos. ¿Saben qué es lo que necesita un elefante para tirarse a una hormiguita? Paciencia. Esta máquina es algo más que un pedazo de fierro. Es sensible esta muchacha. A ver, mijita, dígales su nombre a los muchachos. ¿Cómo? Dice que tiene escrito el nombre en la caldera. ¿Guatón, yusey? Dice que no habla castellano la cabrita. Socios, paren las orejas. Se llama *Queen Victory* y es un modelito que los ingleses le dedicaron a la reina Victoria cuando era princesa no más. De estas mismas locomotoras llevaron los gringos a la India. Colega Arancibia, ¿me rebajó el perno que le indiqué? A ver. ¡Flor de té! Cómo se ve que usted tiene dedos pa' piano, gancho. Usted tendría futuro en Ferrocarriles. ¿Y ustedes? ¿Cómo va la cosa con la sierra? Pero muchachos, con paciencia. Para el comienzo necesitamos pedazos chicos de leña. ¿Cómo les explico? Miren, esta muchacha necesita que la traten como a una señorita de buena familia. Le gusta que la calienten de a poquito. ¿Ah? ¿Y de qué se ríen? Puchas que son maliciosos. Si les digo que a esta muchacha, una vez que está caliente, le gusta que le metan los palos grandes, seguro que van a pensar en cochinadas. Muchachos, adónde vamos a llegar con esos pensamientos. Lo que nos falta ahora es remover la salida de vapor. Si tuviéramos un tecle... ¿Qué miran? ¿No saben lo que es un tecle? El lenguaje técnico es como el chino para ustedes. Un tecle, socios, es una huarifaifa... No. Seguimos hablando en chino. Colega Arancibia, ¿cuál sería la descripción de un tecle para estos aprendices? Déjeme intentarlo. Un tecle, como su nombre indica, es un conjunto de cadenas y poleas que permiten izar un objeto pesado. ¡Ah! Saqué aplauso. Así somos los tiznados. Pero hay que trabajar y vamos a tener que hacerlo a manopla. Usted, gancho, páseme ese palo. Vamos a usarlo como palanca. Dadme un punto de apoyo y moveré el mundo, dijo el griego, y menos mal que no se lo dieron, porque, de otro modo, flor de terremoto que se hubiera mandado.

Acta décima

«Cuando descansa el largo tren se juntan los amigos...»

Este tren, don Pablo, se ha detenido hace ya demasiado tiempo y, sin embargo, la profecía del poema no deja de cumplirse. Aquí estamos los amigos, los Doce de la Fama, los Doce Apóstoles que intentan la resurrección de un enmohecido dragón británico. Como todos los hombres, queremos fabricar un pequeño, minúsculo, pero elemental milagro, y ahí arriba, montado sobre la máquina, está Juan Riquelme, el tiznado, uno de esos tantos Juanes modestos, ilustremente desconocidos, pero seguros de ser capaces de limpiar sus manos engrasadas con un trozo de estopa o de historia, encender un pitillo y, sin darle mayor importancia a todo lo realizado, decirle al milagro, como Lázaro, ¡levántate y anda!

Tal vez, don Pablo, con herramientas viejas estemos escribiendo un nuevo verso que saque «al largo tren» por algunos segundos de su justo letargo.

Y tiene que resultar. Si logramos moverlo un solo centímetro, será la victoria, el triunfo de la alegría sobre el escupo del odio. Y en este mar de arena, sol, viento y garúa, se preparan estos Doce Argonautas, porque usted lo dijo, don Pablo, «el ferroviario es marinero en tierra y en los pequeños puertos sin marina».

El bibliotecario

Yo soy Itzahuaxatin, el velador de los recuerdos y de las preguntas, de las razones y las dudas.

He trabajado sin pausas, sin hacer caso al llamado del cansancio, al rumor de los huesos, al canto de los pájaros dispuestos por mi señor Tecayehuatzin en jaulas de oro y fina pedrería para ordenar el comienzo y el fin de las jornadas.

He olvidado la luz y las sombras. He transgredido el mandato de los dioses del sueño, los dioses menores, trasladando los recuerdos, las preguntas y las respuestas que, una vez oídas, se multiplican en el corazón de los hombres y en la labor de quienes las estampan con diferenciados colores sobre pieles y láminas de yute.

He viajado sin cesar. He destrozado mis ropajes, y así voy, apenas cubierto por la piel del leopardo que autoriza mi rango de conservador de la memoria del reino de Huexotingo, en el claro valle de Tlaxcala. En vano espero la voz que me detenga. Debe de ser cierto que los dioses nos han abandonado. Moctezuma fue el primero y por eso lo apedrearon como a una mujer canalla.

Recién, tras uno de mis viajes, abrí las jaulas para que los pájaros conocieran la dicha del vuelo, mas todos estaban muertos, asfixiados por la humareda que sube desde Huexotingo. La ciudad arde entre lamentos que he preferido ignorar para que la compasión no distraiga mi tarea.

En cada uno de mis viajes traslado todo cuanto me permiten estas mezquinas fuerzas de anciano, y me avergüenza reconocer que no es demasiado. Tengo los brazos delgados. Otras fueron mis guerras, y cuánto deseo tener los músculos de un guerrero azteca, el vigor que tantas veces presencié cuando atacaban la ciudad buscando víctimas para sus sacrificios.

Luego de los asaltos, mi señor Tecayehuatzin lloraba sin consuelo durante varios días, y ni siquiera las concubinas más solícitas conseguían aplacar su llanto. Entonces me llamaba. A mí, a Itzahuaxatin, para que buscara en los pliegos el bálsamo de los poetas. A veces le leía: «¿Son acaso verdaderos los hombres? ¿No son una invención de nuestro canto?». Y a veces las palabras lograban serenarlo, su respiración tornábase acompasada y el llanto cedía justo lugar a la ira.

«Una verdad», me ordenaba.

Y yo buscaba entre los pliegos de verdades, entre los miles de pliegos dictados por los poetas reunidos bajo el amparo de mi señor Tecayehuatzin para decir verdades inmortales que consolaran al corazón más atribulado, a los espíritus cubiertos de llagas que se acercaban a Huexotingo, la ciudad de la música y la poesía. Y leía: «Sabemos que sólo es verdadero el corazón de nuestros amigos. Sabemos que sólo es verdadero el mandato de los sueños».

Mi señor asentía sin palabras y, sin abrir los ojos, con la noble cabeza inclinada sobre el pecho, extendía un brazo señalando el lugar donde se alzaría el nuevo edificio para borrar el horror de la tragedia.

Ahora hago una pausa. Apoyo la espalda en un muro de alabastro y siento llegar hasta mis sentidos el repugnante olor de la carne chamuscada y del coral quemado.

En este mismo sitio en que descanso tuvo mi señor el sueño que me mueve. Fue en una tarde de cálida brisa, subiendo desde el valle. Luego de escuchar a los poetas hablar de las fatalidades, tuvo mi señor un sueño inquieto, tal vez motivado por las palabras de Axahuantazol, el poeta ciego: «La mayor fatalidad es que se acaben las palabras y el árbol se quede huérfano de sonidos, sin que nadie pueda anunciar el sabor de sus frutos, los colores de sus hojas, el frescor de su sombra». Así habló el ciego, y los demás poetas se retiraron a una meditación dolorosa. Mi señor cayó en un sueño profundo. Al poco tiempo despertó angustiado y los convocó de nuevo:

«Me ha hablado un quetzal de cuerpo vacío. Lo sostenía Tlazaltéol, la diosa del amor, la que se come nuestros excrementos para que podamos amar. La diosa tenía la boca llena de vísceras del ave. No podía hablar, de tal manera que ordenó al quetzal hacerlo. Este levantó el vuelo, se me abalanzó en picado y con su pico me sacó el corazón. Enseguida me obligó a seguirlo hasta un profundo agujero. Allí lo dejó caer y él mismo cayó muerto».

Los poetas discutieron, y al fin dejaron que Axahuantazol interpretara el sueño.

«Tlazaltéol vació el cuerpo del quetzal para que te amara, pero el ave se apropió de tu corazón sin dulzura. Los dioses nos traicionan, mas el ave te ha guiado hasta un lugar donde tu corazón reposa a salvo de las alimañas y custodiado por el pájaro más noble. ¿Y qué es tu corazón, Tecayehuatzin, señor de Huexotingo?»

A las palabras del poeta ciego sobrevino una febril actividad. En un lugar secreto del palacio de los recuerdos y de las preguntas, de las razones y las dudas, de las verdades y las fatalidades, los esclavos iniciaron la excavación de una galería que conduce al pie de la montaña. Allí se dispuso la gran sala para ordenar los pliegos, las pieles coloreadas, las láminas de yute.

Cuando la estancia estuvo terminada, los puñales de obsidiana abrieron los pechos de los esclavos constructores y vaciaron los ojos de los arquitectos. Su sangre formó la argamasa de las trampas que habrán de clausurarla.

Debo continuar. Los músculos aflojan, los huesos se quejan, las piernas no obedecen, insisten en subir peldaños cuando ya he llegado al llano. Pero debo continuar.

Traslado el corazón de mi señor Tecayehuatzin hasta las profundidades que el quetzal le indicara. He cargado infinitas verdades, preguntas, razones. He trasladado los motivos de la serpiente que se traga el mar, la detallada descripción de un lavado ocular, la génesis circular de los dioses, las preguntas que generan el insomnio, las verdades que conducen al delirio, la descripción del pájaro de la felicidad cuyo vuelo sólo puede contemplarse una vez, las medidas de la oscuridad, la mecánica que permite al horizonte colocarse a espaldas de los hombres cuando giran la cabeza, ¡y aún me falta tanto! Pero debo seguir, debo continuar, hasta que las lozas desocupadas de los anaqueles me indiquen que emprendo el último viaje.

Mi señor Tecayehuatzin ha muerto. Han muerto los poetas y los músicos, los sabios y los arquitectos, las mujeres y los eunucos. Han muerto los niños y los pájaros.

Tras el sueño de mi señor, supimos que los extranjeros descubrieron la entrada al valle de Tlaxcala. Los mismos que causaron la humillación de Moctezuma. «Un solo dios tienen», dijeron los emisarios aterrados. ¿Qué podíamos hacer para enfrentarnos a quienes viven en la barbarie de adorar a un solo dios? ¿Y a cuántos dioses ultimó aquel dios para ser el único regente? Comprendimos el pavor de nuestros dioses, que nos abandonaron en la huida, y los brazos actuaron certeros reuniendo madera, telas, todo lo inflamable, y, certeras, actuaron las antorchas multiplicando el fuego en los edificios, y también fueron certeras las pócimas de despedida preparadas por los sabios.

Ardió Huexotingo. Los palacios se han derribado entre lamentos de piedra y los corales son ahora ceniza de mar. Todos han muerto. Menos yo. Todos han muerto. Ninguno de nosotros se humillará frente a seres inferiores.

Debo seguir, debo continuar trasladando los pocos pliegos que permanecen en los atriles, porque yo soy Itzahuaxatin, el conservador de la memoria y del tiempo, el que, cuando decida que el trabajo ha terminado, habrá de pararse a la entrada de la galería que lleva al corazón de Tecayehuatzin, señor de Huexotingo y de Tlaxcala, y, en ese lugar, me clavaré un puntiagudo estilete dorado en el centro del pecho y lo dejaré allí sin moverlo, como un codiciado apéndice de mi cuerpo. Extraña joya que contemplaré mientras aprisiono mis manos en las argollas que sobresalen de los pilares.

Cuando vengan los extranjeros a saquear este lugar sin edades e intenten mover mi cuerpo, aunque sea por el mínimo espacio de un cabello, conocerán el arte de nuestros arquitectos, los que calcularon el peso de mi cuerpo muerto, y todo se derrumbará como si jamás hubiese existido, y mis huesos cansados serán los cimientos de la eternidad de mi señor, de mi pueblo, y de todas las palabras que se han dicho y de las que jamás se repetirán.

Reseña de un lugar desconocido

El origen de las informaciones que hablan de la ciudad es incierto. Por otra parte, la desidia de los historiadores, arqueólogos, antropólogos, etnólogos y otros científicos, que insisten en acusar de charlatanería a quienes refirieron la historia, contribuye a mantener la incertidumbre.

Lo anterior no debe sorprendernos. Sabemos que el conocimiento es parcial y se basa en arbitrariedades. En efecto. El botánico que se apresta a descubrir la sexualidad del ficus inicia su trabajo buscando la confirmación de la meta hermafrodita que ya ha diseñado. Si luego de veinte años, la verdad, que siempre es casual, insiste en demostrarle el pecaminoso juego de la cópula que tiene lugar en cada tiesto, el botánico no vacilará en proclamar la degeneración absoluta del ficus y sugerirá la prohibición de su cultivo en el mundo entero.

Regresemos a las informaciones que hablan de la ciudad. Tal vez la única referencia históricamente rigurosa sea la de Juan Ginés de Sepúlveda, «el Humanista», contemporáneo de fray Bartolomé de las Casas, el que en 1573, sintiendo la llegada de la muerte, reunió en torno a él a los pocos parientes y allegados que no se sumaban al público escarnio que motivaban sus ideas. Estos acudieron junto a su lecho de moribundo atraídos más por el rumor de un posible testamento que por otras consideraciones de orden piadoso.

El Humanista, desde su lecho de anciano lúcido pero consumido por las fiebres de pecho, repartió con ecuanimidad los escasos bienes que poseía. Mobiliario, vajilla, imaginería religiosa, vestimentas, barricas de vino, algún cochinillo pasaron a ser propiedad de los presentes hasta que el anciano no tuvo más patrimonio que un pequeño cofre, modesta joya de talabartería salmantina, que insistía en mantener sobre el vientre, aferrándose a él como para protegerlo de las miradas codiciosas.

Al abrirlo, los herederos se sintieron defraudados. Ni una sola joya, ni un solo doblón, ni una sola pieza de metal precioso, ni una sola fila de perlas había en su interior. Apenas un fajo de hojas amarillentas, resquebrajadas por los muchos manoseos y las muchas lecturas, y escritas en caracteres muy gruesos. Eran once hojas de las cincuenta y dos que componían la *Carta rarísima*, misiva enviada por el Gran Almirante de la Mar Océano a sus majestades de España el 7 de julio de 1503.

Como es de público conocimiento, la *Carta rarísima* fue llamada así a causa de dos detalles en ella consignados. El primero es la confesión de un terrible sueño, poblado de visiones apocalípticas, que acometiera al Gran Almirante en los peores momentos de su cuarto viaje a las Indias y de toda su existencia. El segundo, una frase: «El mundo es pequeño», difícilmente comprensible en un marino que vivió desafiando la adversidad y renegando del horizonte como fin de la empresa humana.

Tal afirmación, «el mundo es pequeño», llenó de consternación a la curia, a la corte española, a los banqueros ingleses, a los lectores y escribas de entonces, y decidieron omitir los fundamentos de la opinión del Gran Almirante. La omisión fue cometida extraviando veintiséis hojas de la *Carta rarísima*. Según los historiadores, o se extraviaron misteriosamente durante la travesía, o fueron lanzadas por la borda por un pariente del marinero Rodrigo de Triana. Sea como sea, el asunto es que once de aquellos documentos fueron a dar a las manos del Humanista por medios que desconocemos.

Lo que sí sabemos es que en esas once hojas el Gran Almirante describe, con un lenguaje cercano a la herejía, la existencia de un lugar, del que supo sólo de oídas, y al que llamó sucesivamente Mococomor, Mojojomol y Mocojotón. Más tarde, Juan de Cáceres, expedicionario al servicio de Cortés, nos hablará con todas sus letras de Moxoxomoc en su *Tenebrosus Egressus*, prolongada y letárgica crónica escrita pocos meses antes de que los aztecas le abrieran el pecho en el altar de los sacrificios.

La descripción de Moxoxomoc consignada en esas once hojas manuscritas se la debemos a la buena memoria de Ruy Per de Sepúlveda, el que contaba trece años cuando su tío abuelo, Juan Ginés, el Humanista, las leyó ante la audiencia de codiciosos defraudados. Ruy Per de Sepúlveda guardó la narración en su memoria, pero tal vez muchos detalles valiosos se perdieron en el lento desgranar del tiempo, o fueron arbitrariamente deformados. Esto último no debe inquietarnos ni llevarnos a condenar al memorizador. Sabemos que la narración oral es la madre de la literatura, porque crea y recrea constantemente las situaciones conforme al ánimo y conveniencia del narrador. Además, debemos señalar que entre los descendientes de Ruy Per de Sepúlveda no se contó ningún hombre de letras o interesado en la historia hasta tres siglos más tarde. Los descendientes de Ruy Per de Sepúlveda practicaron la narración de aquellas once hojas como pasatiempo durante la noche de eclipse lunar, como bufonada para ganar un vaso de mosto en las fondas, o como argumento de titiriteros. Pero con todo, y pese a todo, consiguió llegar a nuestros tiempos.

Según los Sepúlveda, el Gran Almirante situaba la ciudad de Moxoxomoc en algún punto hoy fronterizo entre

México y Honduras. La ciudad, si es que cabe darle tal nombre, estaba compuesta por dos enormes edificios rectangulares, muy altos, de piedra finamente trabajada y decorada con relieves que representaban a figuras humanas en las más diversas actitudes —por lo que no es extraño que el ilustre marino hablase de monstruos—, y ambas construcciones se levantaban sobre un árido suelo de grava.

Es difícil no caer en los detalles inocuos con que los Sepúlveda fueron adornando la narración. De pronto, si nos remitimos a la *Reseña de tesoros fáciles de encontrar*, de Alonso de Sepúlveda, acuñador de moneda en el Virreinato de La Plata, Moxoxomoc no sería otra que la fabulosa Ciudad Perdida de los Césares, pero todo esto no es más que elucubración irresponsable.

Al señalar que la ciudad estaba conformada por dos grandes edificios no debemos pensar ni en fortificaciones militares ni en viviendas colectivas. Los dos edificios se alzaban con precisión frente a frente, siguiendo la línea del desplazamiento solar. Unas cien yardas los separaban entre sí, y ambos tenían las puertas de entrada orientadas hacia poniente y las de salida, hacia oriente. Cada edificio tenía sólo dos puertas, una de entrada y otra de salida, y los interiores habían sido diseñados en forma de laberinto. Estrechos y rectos pasadizos conducían, quebrándose una y otra vez, a la puerta de salida. Los muros de los pasadizos ofrecían, por el lado izquierdo, estanterías elevadas hasta la techumbre, repletas de códices redactados en la escritura maya, y pequeños bancos de piedra.

La arquitectura de estos edificios no debe extrañarnos. Se supone que la voz Moxoxomoc corresponde al dialecto uaxactum, y los uaxactumes dominaban las «matemáticas proporcionales» cinco siglos antes de nuestra era. Hay también quienes sostienen que Moxoxomoc corresponde al dialecto zotzil —Yuri Knorozov entre ellos—, pero esto no desautoriza lo antes señalado.

Si nos atenemos a lo descrito por el Gran Almirante, ambos edificios conformaban una extraña biblioteca. Al primero ingresaban, al cumplir cinco años, los descendientes de la casta de los sabios, y no lo abandonaban hasta que llegaran a la salida del laberinto, treinta años más tarde. Día tras día, año tras año, aprendían. Primero leían los códices, más tarde los interpretaban, los discutían, volvían a interpretarlos y a discutirlos, hasta dominar cada secreto de las artes, de las ciencias, de la creación y de los orígenes. Finalmente, poseían tal sabiduría que conseguían guiar el rumbo de los sueños, la única empresa que los hombres jamás se han atrevido a asumir.

Al salir del edificio, pálidos como la piedra, casi transparentes, dubitativos ante la elección de caminar o levitar, eran festejados durante siete días en la explanada que separaba los edificios. Se les saludaba como «a los que no precisan hablar, pues poseen todas las preguntas y conocen todas las respuestas». Eran el objeto de los festejos; en su honor se sacrificaban doncellas y esclavos, pero ellos permanecían ausentes. Su única participación consistía en copular con las vírgenes elegidas para preservar la casta de los sabios.

Al octavo día ingresaban en el segundo edificio, al nuevo enclaustramiento que duraría otros treinta años, durante los cuales recorrerían el laberinto, esta vez plasmando sus ideas y reflexiones, sus nuevas preguntas y nuevas respuestas, en láminas vegetales, con tal disciplina, con tal rigurosidad que, al cerrarse el ciclo de sesenta años, la biblioteca del primer edificio veía duplicada su riqueza.

Los iluminados pagaban la luz con nuevas luces.

Afuera mataban y morían. Multitudes dejaban las tripas en los altares de sacrificios. Los dioses vendían cada vez más caros sus favores y, a los sesenta y cinco años, los iluminados, adornados con el rango de los sabios, es decir, absolutamente desnudos, abandonaban la puerta final del segundo edificio para echar a andar con la inútil soledad de la sabiduría.

¿Qué ocurrió con esta fabulosa ciudad-universidad-biblioteca? Lo ignoramos, y tal vez no lo sepamos nunca. Tal vez no sea más que fruto de la fabulación de los Sepúlveda, malamente atribuida a la pluma del Gran Almirante. También ignoramos el destino de las once hojas vistas por última vez en las temblorosas manos del Humanista. Lo que sí sabemos con certeza es que Ruy Per de Sepúlveda transmitió la crónica a sus descendientes y éstos, a su vez, en fondas, tugurios y altos en el camino.

Ruy Per de Sepúlveda fue el hazmerreír de Sevilla hasta el momento de su muerte, en 1680, pero hoy, al escribir con la visión de Moxoxomoc, por algún extraño designio, todavía fresca en mi memoria, no puedo evitar estremecerme al pensar en el Gran Almirante redactando afiebrado los escritos de su desdicha, al pensar en Juan Ginés de Sepúlveda conservándolos sin tener del todo claro por qué y para quién. Tal vez el Humanista intuyera que los sabios de aquella ciudad incierta anticipaban la inutilidad del saber que hoy nos acosa. Me emociona pensar en el primer informante, ignorado para siempre bajo el peso de los siglos.

¿Penetró algún expedicionario de Cortés en los laberintos? ¿Fue uno o fueron muchos? Y luego, ¿qué? ¿Regresaron al viejo mundo para formar sociedades secretas? Y, si lo hicieron, ¿consiguieron sobrevivir más tarde a la Inquisición?

¿De dónde viene el rechazo al poder de los que saben, a quienes no conocemos, pero de quienes recogemos con horror el fruto de sus conocimientos?

Tal vez todas las dudas que plantea este relato ya estén resueltas y vueltas a formular miles de veces en los blancos laberintos de Moxoxomoc.

El campeón

La puerta del garaje estaba abierta como una invitación inocente, pero él no se atrevía a cruzar la calle, dar los pocos pasos necesarios y atravesar el ancho portón de madera de la entrada.
Pensaba en «el Lobo de San Pablo». Lo imaginaba con su cara de borrachín rehabilitado reuniendo las pertenencias del campeón para llevárselas a la familia, allá en el sur.
La puerta del garaje estaba abierta, y porque habían transcurrido varios días desde su regreso, aquella aparente normalidad conseguía aumentar la confusión que lo atormentaba.
Decidió esperar. No tenía claro qué, ni por cuánto tiempo. «A veces la espera es más peligrosa que la acometida», se dijo, pero finalmente se convenció de que, en este caso, era prudente, y, así, pasó de largo caminando por la acera opuesta sin siquiera atisbar el interior del garaje.
Le alegró comprobar que ya casi no cojeaba, aunque la herida dolía todavía. Fue un tiro afortunado. Un proyectil de carabina Garand que entró y salió limpiamente por el muslo sin comprometer ningún nervio.
Caminó hasta la esquina. Entró en el café y pidió una gaseosa mientras ordenaba las ideas.
La mujer de detrás de la barra lo miró extrañada. Lo conocía. Lo había visto muchas veces junto al campeón

cuando pasaban caminando hacia el paradero de buses. Sintió que cometía un error estúpido, un error de principiante, y él no lo era. El reciente viaje de vuelta, más el balazo en el muslo, le conferían categoría de veterano. Pagó la bebida y, con la botella en la mano, se marchó.

Luego de caminar un par de cuadras encontró un parquecito recién regado y se sentó en una banca rodeada de matas de lirios. Apenas lo hizo le rodearon los gorriones. Los más audaces le picoteaban la punta de los zapatos y buscó en los bolsillos del saco sin encontrar migas, tan sólo, pegados a las uñas, restos de tabaco. Los pájaros entendieron que perdían el tiempo con él y levantaron el vuelo perdiéndose entre las copas de los acacios.

Se sintió a salvo, como antes, y pensó en el Lobo limpiando el cinturón del campeón como si nada hubiera pasado.

El cinturón del campeón era pesado. Llevaba una banda tricolor de material elástico, destinada a ceñir la cintura con elegancia, y una hebilla grande, de bronce, que el Lobo de San Pablo se encargaba de mantener reluciente y en la que, en relieve, podía leerse: «VIII Juegos Olímpicos Panamericanos. Categoría Welter», y la palabra CAMPEON, así, con mayúsculas, escrita sobre un par de guantes cruzados.

El campeón. Al conocerlo, no le gustó del todo.

«Iván» le había encomendado la tarea de contactar con él, de olerlo, de dar los pasos preliminares para determinar si el hombre era de confianza. Por entonces era poco lo que se sabía de él: lo habían expulsado del Partido Comunista acusándolo de ser un agente de la CIA, un provocador, en fin, las consabidas descalificaciones que se esgrimían en aquel tiempo.

—Es fácil de reconocer —dijo «Iván»—. Tiene el pelo motudo, mide algo así como uno setenta, y en el ojo izquierdo tiene una manchita blanca. Otra cosa: es superfuerte.

Se habían citado en las Parrilladas Roma, a comienzos de la Gran Avenida, en el barrio del matadero. El lugar no le pareció muy adecuado para semejante encuentro, pero acudió, y, mirando de reojo a los rostros de los obreros que devoraban carne asada, lo identificó en una de las mesas del fondo.

—¿«Gonzalo»?

Este le respondió indicando una silla.

—Me llamo «Pedro». ¿No te parece mejor irnos a charlar a otro lado? Hay demasiada gente aquí.

—Aquí estamos bien y podemos hablar de todo. ¿Nos comemos unos chunchulitos? Yo invito, compadre.

Aceptó sintiendo que perdía un punto valioso. Era él quien debía controlar la situación.

Hicieron el pedido y acordaron una cobertura.

—¿De qué se supone que hablamos? —preguntó «Gonzalo».

—Decidamos. Un tema que los dos manejemos.

—¿Entiendes de box?

—Algo. No mucho.

—Bueno, de eso. ¿Te he explicado la diferencia de peso que hay entre un mosca y un semipesado?

Le detalló con rapidez la escala ascendente de tres y tantos kilos que permite a los púgiles cambiar de categoría, cada una con su designación.

Los chunchules llegaron humeantes sobre el braserito y le molestó la familiaridad del mozo.

—¿Una botellita de tinto, campeón?

—¿Qué opinas?

—Sí, claro. Los chunchules hay que bajarlos con vino. Aquí te conocen, ¿verdad?

«Gonzalo» respondió que estaban en su barrio y que lo conocían en muchas otras partes.

—Y eso de campeón, ¿de dónde sale?

Lanzó una carcajada antes de indicar que era en efecto un campeón. Hacía tres años había conseguido el título panamericano de los welter, y hasta la fecha nadie se lo había arrebatado.

Comieron en silencio. Buscaba las palabras iniciales para los argumentos que debía exponerle, pero no las encontraba ni en los chunchules que desaparecían, ni en la expresión alegre de «Gonzalo».

—Bueno el vinito, ¿no te parece?

—Sí. Muy bueno.

—El dueño tiene una viñita cerca de Molina. De allá lo trae. Sólo para los clientes de la casa.

—Oye, no vine para conversar de vinos. En serio. Tenemos que ir a otra parte. Aquí no puedo hablar y es importante.

«Gonzalo» lo miró atentamente mientras doblaba la servilleta.

—Tranquilo. «Iván» sabe que estoy de acuerdo. Quiero luchar. Eso es todo. No soy un intelectual, no podría agregar nada a lo que tienes que decirme. Estoy de acuerdo y estoy decidido. Eso es lo que importa. No nos conocemos y hablando tampoco conseguiremos hacerlo. Es en la cancha donde se ven los gallos. ¿Estamos?

Terminaron de comer y el campeón lo acompañó hasta el paradero de buses. En el apretón de manos de la despedida sintió que llegaba la confianza.

A las pocas semanas el grupo contaba no solamente con un nuevo integrante, sino que además, el garaje de reparaciones que poseía vino a enriquecer la infraestructura: servía de lugar de reuniones, almacén de materiales de estudio y, por las tardes, lo destinaban a las prácticas militares que en el futuro habrían de precisar.

«Gonzalo» vivía en un cuarto adosado al galpón y aceptaba de buena gana que lo llamaran con ese nombre postizo, chapa por lo demás innecesaria, ya que bastaba con asomarse a su vivienda para descubrir su nombre verdadero impreso en los trofeos ordenados sobre una cómoda.

A veces algún cliente lo reconocía y, olvidando la avería del auto, partía apresurado a comprar unas cervezas y regresaba a sentarse sobre las cajas de herramientas pidiéndole una y otra vez que le contase los tres *rounds* de la pelea por el título. El le daba el gusto y los demás disimulaban el nerviosismo.

La situación más crítica la tuvieron cierta tarde en que le metían diente a estudios de cartografía y de pronto escucharon golpes en el portón. «Alonso» se paró a mirar por la mirilla superior y casi se cae de espaldas al comprobar que afuera había una patrullera. No les quedó más remedio que abrir el portón y esperar los acontecimientos.

Entraron dos carabineros seguidos por un suboficial que hedía a vino.

—Disculpen la molestia, pero se nos pinchó una... ¡Campeón! ¡Por la cresta! ¿No me reconoces?

El suboficial se abalanzó sobre «Gonzalo».

—Pero claro, mi sargento López.

—¡Suboficial López! —corrigió el uniformado enseñando las jinetas.

Los dos policías que lo acompañaban y el resto del grupo permanecían mudos. «Gonzalo» se dejaba abrazar, dar golpecitos amistosos en el vientre, y finalmente sacó el habla.

—Muchachos, les presento al suboficial López. El me descubrió cuando recién me ponía los guantes.

—Y eras un peso mosca —precisó el uniformado—. Eras un peso mosca, y desde que te vi en el *ring* por primera vez, me dije: «El cabrito tiene pasta de campeón». Ojo clínico que tengo. Tenías pegada, pero ésa no era tu categoría. ¿Recuerdas lo que te dije? «Cabro, el box es como el matrimonio. Si uno no está en el peso no puede ofrecer un buen espectáculo.» ¿Y saben qué hice? —Se dirigió a sus acompañantes—. Me lo llevé diariamente a comer a la comisaría. ¿Te acuerdas, campeón? ¿Te acuerdas de esas criadillas asadas que te preparaba Moyita, el cocinero? ¿Te acuerdas de la sangre? Cada viernes, medio litro de sangre pura, caliente todavía. ¿Te acuerdas, campeón? Yo le decía al matarife: «Ese corderito me lo trata bien, con cariño, para que marche al patíbulo bien confiado y muera tranquilo, sin pánico, sin soltar adrenalina, mire que su sangre es para endurecer el cuerpo de un cabrito que dará que hablar». Qué mariconada con los pobres bichos, pero valía la pena. Campeón, ¿dime si no fui un buen apoderado?

—El mejor del mundo —aseguró «Gonzalo».

—¿Tienes aquí los trofeos?

«Iván» le guiñó un ojo indicándole que fuera a buscarlos y lo acompañó hasta la vivienda.

—No es grave el asunto, pero puede ser conflictivo si empieza con preguntas incómodas. Está en tus manos, «Gonzalo».

—Tranquilo. Es un excelente tipo y yo manejo la situación.

Volvieron cargando los trofeos. El suboficial los contemplaba con una mirada soñadora en tanto los dos carabineros regresaban de la patrullera con una botella de pisco.

—Miren esto: «Campeón peso gallo. Campeonato de los barrios. Concepción». Y esta otra copa. Plata pura. «Campeón peso pluma», también en Concepción. Y de ahí te saltaste al norte, cabro, a mostrarle a los pampinos cómo pega un sureño. Aquí está la prueba. «Campeón peso ligero», en Iquique. —Al tomar el cinturón con la gran hebilla de bronce, el suboficial no pudo contener las lágrimas—. Y llegaste lejos, cabro. ¡Mierda! Escuchen esto y pónganse de pie, huevones. «Octavos Juegos Olímpicos Panamericanos. Categoría welter. Campeón.» Llegaste lejos, cabro. ¡Putas que llegaste lejos!

El uniformado lloraba a moco tendido abrazando a «Gonzalo» mientras los demás bebían pisco de la botella y se pasaban los trofeos de mano en mano. Hacía varios meses que funcionaban en el garaje y nunca se habían interesado por aquellos símbolos de gloria, conseguidos en los tres minutos de un *round,* en la breve eternidad de la victoria o la derrota. En eso llegó la pregunta inesperada.

—¿Y estos cabros, campeón? ¿Son operarios?

«Gonzalo» disparó la respuesta precisa.

—No, mi suboficial. Los muchachos también se ponen los guantes y estamos formando un club de box en el barrio.

El uniformado se sintió en su elemento y, tratándolos de «peloduros», les ordenó ponerse en guardia.

—¿Peso?

—Sesenta y cuatro —dijo «Alonso».

—Superligero —hipó el uniformado.

—¿Peso?

—Ochenta. Pesado —respondió «Iván».

—Semipesado —corrigió el suboficial.

—¿Peso?

—Setenta y tres —contestó «Pedro».

—Sube dos kilos, cabro. Tienes buena pinta de medio y me gustan tus manos chicas.

Todos pensaban con alivio en la ausencia de «Paty». La imaginaban declarando su peso y al suboficial definiéndola como mosquita u otro bicho leve.

Luego de la visita de los policías se acostumbraron a la transparencia de «Gonzalo». Todo marchaba bien. Por una parte, él y «Alonso» se encargaban de hacer funcionar el garaje y, por otra, los vecinos los consideraban como a un grupo de entusiastas del cuadrilátero que el campeón formaba. Así, cada tarde limpiaban el garaje y, con tres tambores de aceite más la desmontadora de ruedas, formaban un *ring* de proporciones casi reglamentarias, en el que proseguían con las prácticas militares. Para completar el camuflaje, adquirieron unos pares de guantes usados, y «Alonso» colgó un enorme costal de arena para endurecer las manos. «Paty» se divertía viéndolos sudar y señalaba que parecían personajes sacados de un cuento de Rind Larner.

Pasaban los meses y de Bolivia llegaban noticias cada vez más alentadoras. El grito de «A las montañas volveremos», lanzado luego de la muerte del Che, encontraba más y más eco entre los campesinos, entre los mineros y los estudiantes. Así lo decían los comunicados. Ahora sí que Bolivia sería el corazón del continente. Lo aseguraban los comunicados de la organización, que también se referían a un contingente argentino, a otro uruguayo, peruano, colombiano, que se sumarían a la lucha en las montañas y selvas bolivianas. Hasta era posible contar con la participación de algunos cubanos, veteranos de la Sierra Maestra, decididos a continuar el camino iniciado por el Che. Ellos formaban el destacamento chileno y se preparaban en un garaje disfrazado de gimnasio de box al atardecer.

El tiempo avanzaba y la fecha de salida parecía cada vez más cercana. La radio entregaba informaciones sobre actividades guerrilleras en las proximidades de Santa Cruz, y el gobierno boliviano ponía precio a la cabeza de «Inti» Peredo. «La cosa arde arriba», se decía. «La cosa arde arriba», repetían los comunicados.

Así llegó el momento en que «Iván» anunció que por fin había contacto abierto con la guerrilla, y la organización ordenaba empezar con los preparativos del viaje. La primera meta era Oruro. Allí habrían de hacer enlace con gentes de las minas, quienes los transportarían a través de la madeja clandestina hasta los frentes guerrilleros. Disponían de una fecha tope para llegar a Oruro, puesto que el desarrollo de la lucha significaría la militarización de las fronteras.

La cosa ardía arriba, y ninguno de ellos consiguió dormir aquella noche.

Recordó, mirando las matas de lirios suavemente mecidas por el viento, que aquella noche se había detenido en ese mismo parquecito para fumar un cigarrillo y controlar la euforia que lo embargaba. Luego había caminado sin rumbo despidiéndose de Santiago, aquella ciudad que amaba en secreto, sin atreverse nunca a confesarlo. Era verano. La noche suave y tibia envolvía sus pasos en un silencio felino, y se preguntaba cuánto tiempo habría de durar la lucha en las montañas. Y después, ¿qué vendría? Todo sería diferente. La guerrilla triunfaría en Bolivia y con ello los habitantes del continente recuperarían una vocación de victoria. Qué honor era vivir en semejante época. «Porque ahora la historia tendrá que contar con los pobres de América.»

Las calles parecían interminables. Cada detalle resultaba novedoso, desconocido y bello. Caminó proyectando imágenes que se sucedían como planos vertiginosos de un filme en rodaje. A esa hora sus compañeros de facultad dormían, soñaban, hacían planes para el fin de semana con sus chicas, para el baile, el paseo a la playa; él, en cambio, formaba parte de un grupo con planes diferentes. El Che, antes de caer en Ñancahuazú, había escrito que el guerrillero alcanza la dimensión superior del hombre. El Hombre Nuevo. ¿Lo conseguiría él también? De los demás estaba seguro. «Alonso», a esas horas, estaría con su madre, a la que comunicó su futura ausencia diciendo que se marchaba a estudiar a Costa Rica. «Paty» se encargaría de hacerle llegar todos los meses una modesta suma dispuesta por la organización para afrontar los gastos más inmediatos. «Paty», compañera de «Iván», aceptó a regañadientes su obligación de quedarse. En el último tiempo los había visto más juntos que nunca. Se amaban desde que se conocieron como militantes en las Juventudes Comunistas, durante la marcha «Paz para Vietnam», de Valparaíso a Santiago. Juntos fueron expulsados del Partido, acusados de ultraizquierdismo, y juntos ingresaron en la organización. «Iván» encabezaba el grupo. Era el único que tenía experiencia militar y, al mismo tiempo, mayor capacidad política. Y «Gonzalo». Había sido minero, pescador, obrero de la construcción, mecánico de autos y campeón de box en medio de todo eso. «Iván» repetía que «Gonzalo» poseía disciplina y carisma. Podía ser justo y riguroso al mismo tiempo. Todos sentían que «Gonzalo» era el mejor. Algún día le hablaría de todo cuanto iba pensando por las calles dormidas de Santiago.

Santiago. Los alemanes de la brigada Thelmann, ¿se despidieron también así de Hamburgo, Berlín o Leipzig antes de marchar a España?

Santiago. Los yanquis de la brigada Lincoln, ¿recorrieron Chicago, Nueva York o Cincinnati antes de partir al frente del Ebro?

Santiago. ¿Se despidió también el Che de Buenos Aires?

Unos días más tarde llegó el momento de reunirse, solucionados todos los problemas personales, para partir en cualquier momento, aunque todavía no sabían cómo.

El entrar en el garaje, «Iván» y «Alonso» lo miraron con el mismo gesto de estupor que él adoptó al ver al desconocido dando golpes al costal de arena. Era un hombre fornido. La nariz achatada resaltaba aún más su rostro de alcohólico. Tiraba las manos con suavidad, pero se notaba la contundencia de sus puños. El saco no se balanceaba como cuando uno de ellos lo golpeaba, se estremecía como un cuerpo colgado, atento al golpe que seguiría, tensando los músculos de arena para soportar el castigo propinado por aquellas manos certeras. El hombre respiraba acompasadamente y parecía estar siempre parado sobre un solo pie.

—Vengan —llamó «Gonzalo».

Se encerraron en la vivienda sin dejar de observar al desconocido a través de los vidrios de la puerta.

—No me hagan preguntas hasta que lo haya explicado todo. Hasta ahora seguimos con el problema del viaje sin definir. Es cierto que podemos hacerlo por separado y reunirnos en Oruro, pero también es cierto que todos somos bastante llamativos, de bolivianos no tenemos ni el olor, y seguro que ahora el ejército anda saltón con los bichos raros que cruzan la frontera. Pienso que hasta el momento mi transparencia nos ha sido muy útil, y creo que puede servirnos para llegar a Oruro sin dificultades. Además, pienso en un tremendo golpe de propaganda, pero de eso les hablaré más tarde. Por favor, no me interrumpan. En Oruro hay un campeón de los welter, y le he desafiado. El hombre aceptó el reto. Es un púgil militar. La pelea será en tres semanas y todos podemos viajar con esa cobertura.

Estaban tan sorprendidos que no atinaban ni a pensar. «Iván» le ordenó que terminara de exponer su plan.

—Lo he preparado todo y contamos con el apoyo de la Federación Chilena de Box. Conozco allí a varios tipos que quieren verme como profesional para ganar di-

nero a mis expensas, y los he ilusionado diciendo que esta pelea con el boliviano tirará de nuevo mi nombre a los comentaristas deportivos. Nos proporcionan los pasajes. En bus hasta Antofagasta y de ahí en ferrocarril hasta Oruro. Antes les mencioné el golpe de propaganda. Voy a ganar la pelea. ¿Se dan cuenta de lo que significa?
—Pero, ¿y nosotros?
—Todo arreglado. «Iván» es mi *manager*. «Alonso», mi ayudante, y «Pedro», mi masajista. De más está decir que debemos viajar con nuestros nombres.
—¿Y qué monos pinta el amigo de afuera?
—Es parte del golpe de propaganda. Lo necesito. El hombre de afuera es un boxeador en desgracia. Lo conozco bien y no puedo encontrar mejor entrenador.

No precisaron de una larga discusión para aceptar el plan propuesto por «Gonzalo». Les permitía viajar limpios, legales, y, sobre todo, consideraron los efectos del golpe de propaganda: un deportista que, luego de obtener un importante triunfo, se pasaba a la guerrilla con todo su séquito.

Las semanas siguientes fueron frenéticas. Los vecinos supieron que el campeón viajaba a Bolivia para defender su título y, aunque los entendidos alegaban que lo justo hubiera sido tener al boliviano disputándoselo en casa, porque así lo dictaban las reglas fijadas por el marqués de Queensberry, este viaje hablaba muy bien del coraje del campeón, que salía a exponer el título, y todos se mostraban satisfechos con el Lobo de San Pablo sirviéndoles en el *ring*.

Protegidos por la transparencia de «Gonzalo», el grupo se encerraba en la vivienda para revisar una y otra vez los conocimientos adquiridos. Cartografía, meteorología, geografía, botánica medicinal, arme y desarme, el *abc* de la guerrilla, mientras afuera el suboficial López se presentaba día sí día no a medir los progresos del campeón portando siempre una canasta repleta de huevos de campo, indicándole que debía comerlos crudos, con cáscara y todo, porque precisaba de mucho calcio, ajo y cebollas crudas para resistir mejor la altura.

Desde el cuadrilátero llegaban las instrucciones del Lobo de San Pablo.

—A las cuerdas. A las cuerdas, campeón. Ahora. Impulso. Salga. Uno dos, uno dos, atento a las piernas, uno dos, uno dos, uno dos. Vuelva a las cuerdas. Bloquee la cara. Atento. ¡Ahora! Salga. Uno dos, uno dos, uno dos, ¡el gancho de izquierda! No, campeón, gancho dije, no gualetazo. De nuevo a las cuerdas. Salga. Uno dos, uno dos, uno dos. Atrás. Salga con un recto de derecha, cintura, cintura, ¡arriba! Y ahora, ¡a noquear! ¡Salga a noquear, campeón!

Así llegó la última tarde en Santiago. A la mañana siguiente saldrían a noquear.

Deseaban estar con las familias, o con los amigos, o solos. Cada uno había imaginado de mil maneras ese atardecer. El secreto de sus vidas se rompería en poco tiempo y ya entonces estarían lejos. Pese a la necesidad de comunión, fue imposible evitar la fiesta que improvisaron los vecinos.

En pequeños grupos llegaron al garaje con pan amasado, un brasero, carne condimentada, botellas de vino, longanizas, empanadas, cajas de cerveza, ensaladas multicolores, y, antes de que pudieran reponerse de la sorpresa, dispusieron un mantel blanco sobre el banco de trabajo. El presidente de la Junta de Vecinos habló del cariño que todos sentían por el campeón, y por supuesto por sus colaboradores, del tremendo orgullo que significaba para el barrio el tenerlo como vecino y de lo felices que se sentirían con la victoria.

—Pero si la suerte le es adversa, campeón, si no gana, y el boliviano nos lo devuelve con un ojo en compota, bueno, usted comprende mejor que nosotros el profundo significado de la frase olímpica: «Lo importante no es ganar sino competir». Si no gana, campeón, sepa que nuestro cariño seguirá siendo el mismo, pero, como lo conocemos, tenemos confianza en sus puños. He dicho.

Era generoso el vino y las mejores partes del asado fueron para «Gonzalo». Se miraban entre ellos y, sin decirlo, sabían que aquélla era la mejor despedida posible. Y, en cuanto a la victoria, ¿quién podía abrigar dudas?

Al final de la fiesta, el Lobo de San Pablo se acercó a «Gonzalo» para asegurarle que durante su ausencia tanto el garaje como los trofeos relucirían de limpios.

—Qué lástima que yo tenga problemas con la justicia y no pueda salir del país. Si no, con qué gusto lo acompañaría para aconsejarlo desde el *ring side*. Cuídese de los cabezazos, campeón. Los bolivianos son mañosos y tienen la testa dura. No sabe lo mal que me siento por dejarlo solo. No es que piense mal de los muchachos, son entusiastas, pero no tienen futuro tirando las manos. Quiero decirle algo más, y usted sabe que soy hombre de pocas palabras. Gracias. Muchas gracias, campeón.

—Soy yo el que tiene que agradecer. Pero, ¡qué diablos! Me cuida el garaje y estamos a mano.

—No es tan simple. Usted sabe que me sacó de la mierda. Y qué honor para mí el poder apoyarlo con lo poco que sé.

—Usted es muy bueno. Conoce técnicas y sabe aplicarlas en el momento oportuno. Lobo, hay algo más. Es posible que no regresemos muy pronto, es posible que me enganchen en una gira. Esto debe quedar entre nosotros.

—Soy una tumba, campeón.

—Lo sé. Tengo una pregunta que siempre he querido hacerle. ¿De dónde viene eso de Lobo de San Pablo?

—Tiempos pasados. Es de cuando todavía era chiporro y tiraba las manos en el México Boxing Club, de la calle San Pablo. Era joven entonces, y alguien advirtió que cuando mejor atacaba era cuando me tenían contra las cuerdas, acorralado, como los lobos. Pero eso pasó. Ahora estoy acabado. La piel de lobo le quedó grande a este perro viejo. Yo colgué los guantes, campeón.

Las palabras del púgil se apagaron junto con las últimas brasas y una humareda débil se confundió con las sombras.

Mirando las colillas que lo rodeaban supo que llevaba mucho tiempo sentado en el parquecito. El amargo sabor que le inundaba la boca no provenía del tabaco. Supo también que ya no quería a ese parquecito, ni a la ciudad. No se aman los lugares a los que se regresa derrotado.

Se incorporó y echó a andar hacia el garaje. Al cruzar la calle, le dolió la herida. Se la habían curado en un almacén de la guerrilla, con medios muy primitivos, y, al dejarlo en un paso fronterizo, le advirtieron que no caminara demasiado.

Encontró al Lobo de San Pablo tomando mate en la cocina. El hombre se sobresaltó al verlo, y no logró discernir si lo miraba con odio o simplemente sorprendido, hasta que dejó la calabaza y lo abrazó sollozando.

—¿Es cierto, entonces?

—Sí, Lobo. Los mataron.

—Mataron al campeón...

—Y a «Iván»..., a «Alonso»...

—... al campeón. Esos conchas de su madre mataron al campeón...

—¿Cuándo lo supo, Lobo?

El hombre no respondió. Las lágrimas le empapaban la nariz achatada y respiraba con dificultad. Llorando fue hasta la cómoda sobre la que relucían los trofeos y de uno de ellos sacó un recorte de periódico:

«Una delegación de deportistas *amateur* chilenos resultó muerta en la estación de Oruro, Bolivia, durante un enfrentamiento entre guerrilleros del Ejército de Liberación Nacional y efectivos de las fuerzas armadas bolivianas. Según fuentes militares del país vecino, los deportistas chilenos formaban parte de un comando extremista ingresado en territorio boliviano para unirse a los subversivos que operan en la región montañosa del Teoponte. El gobierno chileno ha solicitado a las autoridades del país hermano una investigación exhaustiva del hecho. La delegación deportiva, que viajó con el apoyo de la Federación Chilena de Box, estaba integrada por el campeón panamericano de los pesos welter...».

Le devolvió el recorte.

—¿Un mate?

—No, gracias, Lobo. Tengo que irme. Mire, aquí hay un poco de dinero. Encárguese de llevar los trofeos a la familia. Usted sabe dónde viven.

El hombre asintió sin palabras.

—Adiós, Lobo. Buena suerte.

Empezó a caminar hacia la salida. En el galpón estaba todavía el cuadrilátero formado por tres tambores de aceite y la desmontadora de ruedas. A un lado colgaba el costal de arena. La voz del púgil lo detuvo.

—Espere un poco. No entiendo. A veces no entiendo muchas cosas. Debe de ser por los golpes recibidos en la cabeza, pero yo lo quería al campeón, todavía lo quiero, y no puedo creer que sea cierto. ¿Subió al *ring*?

—No. Los mataron antes. Apenas bajábamos del tren. Nos vendieron. Yo me salvé por...

El hombre no lo escuchaba. Una expresión de dolor idiota surcaba su rostro de alcohólico.

—Entonces sigue siendo el campeón —dijo y se marchó a darle golpes furiosos al costal de arena.

Desencuentros de amor

Desencuentros de amor

Café

Ella está bajo la ducha. El agua cae sobre su cuerpo y se detiene en la formación de repentinas estalactitas en el abismo de esos senos que has besado durante tantas horas. Colocas café en el filtro, calculas la cantidad de agua para cuatro tazas y oprimes el botón rojo.

Escuchas el sonido del agua que hierve eléctricamente y gota a gota va cayendo sobre el café, formando ese lodo aromático. Argamasa que une los adoquines de la mañana.

Ella aparece con su salida de baño anudada con descuido. Puedes ver sus muslos relucientes, húmedos aún. Retiras la cafetera, la llevas a la mesa, dispones las tazas, compruebas que los claveles persisten en su agónica estatura rosada. No son tan puramente perecederos como las rosas de mayo.

Aparece ahora con una toalla anudada a manera de turbante, puedes ver su nuca, el cuello liso y fresco, que huele a talco. Bajo el turbante un diminuto mechón escapa a las intenciones del secado y se adhiere a la piel con esa extraña presencia de rubia petrificación. Ella se sienta, tú también lo haces, y, frente a ustedes, el silencio de siempre ocupa su lugar.

Sirves el café lentamente, alargas la mano hacia ella con la taza servida, llenas la tuya, con la mirada le ofreces las cosas que hay sobre la mesa. Pan, mantequilla, mermelada y otros alimentos que a esas horas y en esas circunstancias se te antojan absolutamente insípidos. Compruebas que ella no acepta, que simplemente enciende un cigarrillo y derrama unas gotas de leche en su taza de café.

Con la cuchara realizas breves movimientos giratorios que van formando espirales, hasta que compruebas la total disolución del azúcar que se ha hundido como polvo de espejos en un pozo, silenciosamente, respetando el carácter intocable de esta mañana-silencio que se inicia.

Ella es finalmente la primera en probar el café y su primera idea es que tal vez la taza estaba sucia. Levanta los ojos, te mira sin recriminaciones en el mismo instante en que tú bebes el primer sorbo y piensas que puede ser el cigarrillo el responsable de este sabor por el momento incalificable, pero es ella quien lo dice:

—Este café tiene sabor a fracaso.

Entonces te levantas, le arrebatas la taza de la mano, tomas la cafetera y vuelcas todo el líquido en el lavaplatos.

El café desaparece entre burbujas calientes y no queda más que una oscura presencia que bordea el desagüe. Abres un nuevo paquete, calculas agua para cuatro tazas y estás de pie esperando que, gota a gota, se vaya formando nuevamente esa porción de lodo matinal.

Sirves. Ella prueba. Te mira con tristeza. No dice nada. Bebes de tu taza y la miras. Ahora eres tú el que exclama:

—Cierto. Tiene sabor a fracaso.

Ella dice benevolente que puede ser cosa del azúcar o de la leche y tú gritas que no has puesto ni leche ni azúcar en tu taza.

Enciende otro cigarrillo y aleja su taza hasta el centro de la mesa mientras tú sacas todos los paquetes de café que guardas en la alacena y con la punta de un cuchillo los vas abriendo, frenético vas palpando con tus dedos su textura fina, pruebas, escupes, maldices, compruebas que todo el café de la casa tiene el mismo inevitable sabor a fracaso.

Ella no ha probado de ninguno y también lo sabe.

Te lo dice sin palabras. Te lo dice con la mirada perdida en los dibujos poliédricos del mantel. Te lo dice con el humo que escapa de sus labios.

Regresas a tu silla sintiendo algo así como un ladrillo en la garganta. Quieres hablar. Quieres decir que juntos habéis tomado muchos cafés con sabor a olvido, con sabor a desprecio, con sabor a odio amable y monótono. Quieres decir que ésta es la primera vez que el café tiene este desesperante sabor a fracaso. Pero no logras articular ni una palabra.

Ella se levanta de la mesa. Va al cuarto contiguo. Se viste lentamente y hasta tus oídos llega el clic de su pulsera. Avanza hasta la puerta, coge las llaves, el bolso, el pequeño libro de viajes, piensa algo antes de abrir la puerta y retrocede hasta tu puesto para estampar en tus labios un beso frío que, aunque no lo creas, tiene el mismo sabor a fracaso que el café.

Alguien espera gardenias allá arriba

Estoy frente a tu puerta, impecablemente vestido y con un ramo de gardenias en la mano.

Tengo la intención de llamar, esperar unos segundos y ver aparecer tu cabeza en el marco de entrada con una expresión de cínica sorpresa, pues ambos sabemos que me estás esperando. Tengo la intención de entrar, buenas tardes, cómo estás, dar el primer paso, la alfombra blanca, el sillón, un café, cigarrillos turcos en la mesa, alabanza por el buen gusto en la elección de los ceniceros y las abominables reproducciones de Picasso.

Hay como una actitud marcial en el acto de buscar con el dedo índice el pezón negro del timbre, entrar en contacto con la superficie de baquelita, oprimir con cierta sensualidad y comprobar que no se oye sonido alguno.

Un poco más veloz, el dedo repite la operación, oprime esta vez con mayor fuerza el timbre, permanece unos segundos oprimiéndolo, pero no se oye nada. Deducción inmediata: paranoia de los alambres.

Entonces retrocedo veinte centímetros, arreglo el nudo de mi corbata, compruebo la simetría del ramo de gardenias que ya empiezan a dar señas de inestabilidad en su envoltura y doblo los dedos de mi mano derecha en un movimiento que comienza en las primeras falanges, hasta que la mano adopta la actitud de un caracol voluntarioso.

Tomo impulso, esto es, mi mano retrocede hasta quedar paralizada como por una pared de aire que impide un mayor desplazamiento y se apresta a caer contra la superficie blanca de la puerta.

Cuando la mano está a escasos milímetros, se detiene y yo pienso entonces en todas las posibilidades.

Pudiera ser que el ruido imprevisto, toc toc, te ocasionara un repentino pavor. La terrible sensación de pensar en un huésped inesperado, el presentir la llegada de un recuerdo enterrado hace ya mucho tiempo y la posibilidad de que sueltes el florero de cristal que seguramente tienes en las manos a la espera de la llegada de las gardenias prometidas.

Pudiera ser también que mi mano adquiera una fuerza infinita y al segundo toc perfore la puerta con el consiguiente ruido de astillas que caen sobre el linóleo, o simplemente que por causa de imperfecciones de la empresa constructora la puerta se desplome entre las recriminaciones de tus vecinos, que saldrían al pasillo con sus pulcros pijamas y entre maldiciones me recordarían que ésta es una hora de decente descanso.

En medio de estas cavilaciones mi mano tiembla, se convulsiona de incertidumbre, me parece presentir en mi muñeca algo así como una mueca de espanto que en el fondo es miedo y pena de mí mismo, porque esto me ocurre cada vez que intento llamar a tu puerta.

Así, las gardenias se avejentan en pocos segundos en su envoltura transparente y, cuando cruzo el umbral del edificio, esa boca que me escupe a la soledad húmeda de la calle, y empiezo mi camino con la cabeza metida entre los hombros sintiendo una vez más la vergüenza de la derrota, puedo escuchar nítidamente, allá arriba, tu llanto de gardenias ausentes.

Historia de amor sin palabras

No necesito silencio,
ya no tengo en quién pensar.

Atahualpa Yupanqui

Conocí a Mabel por esas cosas de la moda y no debe pensarse que soy un seguidor muy asiduo de los estilos en boga, pero a veces, ya se sabe, resulta molesto estar siempre nadando contra la corriente, y uno sucumbe sin mayores comentarios a la idea de llevar los pantalones un poco más anchos o algo más aflautados. Pero es de Mabel de quien quiero hablar y no de la moda. De Mabel, tan lejana ahora en la hecatombe de recuerdos y calendarios abandonados.

Era la menor de tres hermanas, todas mudas de nacimiento y que regentaban un pequeño negocio en un barrio de Santiago. Habían habilitado el local ocupando para ello un extremo del salón, aunque, para ser fiel a los recuerdos, debería decir del *living*, porque los chilenos tienen *living*, así llaman al conjunto de dos sillones, un sofá y una mesa ratona, venga, pase, no se quede afuera, vamos a conversar un rato en el *living*, institución cuadrúpeda que otorga innegable estatus a la casa.

Una gruesa cortina bermellón aislaba el *living* de la parte destinada a atender al público, y la primera vez que atravesé esos límites me pareció cruzar el umbral hacia otro mundo, a un universo comprimido en tiempo, a una atmósfera quieta, poblada de palmeras enanas, helechos, lámparas cubiertas con grandes pantallas de cretona granate, mesas redondas y sillas que permitían mantener la espalda muy erguida. Ahora que lo pienso

—porque el recuerdo no existe si no es relacionado con otros recuerdos—, podría decirse que era una atmósfera proustiana extraviada en un barrio proletario. No alabo a nadie ni a nada, pero me atrevo a decir que era una atmósfera proustiana desprovista de tedio.

Mabel y sus hermanas se ganaban la vida arreglando corbatas y sombreros. Por muy poco ponían en acción sus tres pares de manos portentosas y en un abrir y cerrar de ojos la corbata chillona de un matarife se transformaba, perdía su anchura de remo para convertirse en un delgado listón que pedía a gritos una etiqueta italiana. Además, como cortesía de la casa, le enseñaban al matarife gordo y sudoroso a hacerse correctamente el nudo Príncipe de Gales y con señas le indicaban que ese nudo triangular que lleva ya no se estila, es ordinario, por no decir picante, fíjese.

Otros llegaban con un sombrero de alas anchas estilo Lucky Luciano y, luego de un par de tijeretazos certeros, ellas le entregaban un tirolés que ya hubiese querido ponerse el canciller austríaco. Entenderse con ellas, y en especial con Mabel, no era ningún problema.

Si bien es cierto que no podían hablar, podían en cambio oír perfectamente. Sólo se trataba de elevar un poco la voz, sin llegar al escándalo del grito, y de modular bien las palabras, puesto que todo aquello que no captaban bien con los oídos lo entendían con los ojos y respondían moviendo los labios con delicadeza, enfatizando con el apoyo de las manos.

Desde el primer momento me gustó aquella atmósfera de silencio, y no es irónico lo que digo. Me gustó y, por tanto, empecé a llevarles de una en una mis corbatas.

Las dos hermanas mayores tenían esos movimientos enérgicos que caracterizan a los mudos. Mabel era en cambio muy suave. Movía los labios y las manos con la ternura de un buen mimo, y la intención de sus palabras podía medirse en el brillo de su mirada. Tenía algo que me atraía, y no era amor, de eso estoy más que seguro. Tampoco me movía ningún ánimo morboso. No. Era el saber que Mabel pertenecía a ese mundo de realidades estables, y esa permanencia suspendida en el tiempo y tan al alcance de mis manos. Mabel era el embrujo de cruzar la cortina bermellón y, una vez al otro lado, sentir que la vida podía tener algún sentido. ¿Cómo decirlo? Sentirse a salvo. Eso es. Me sentía a salvo al otro lado.

Cuando se me acabó la existencia de corbatas, me dediqué a visitar los negocios de ropa usada y compraba las más anchas que me ofrecían. Llegué a adquirir algunas realmente espeluznantes, corbatas con paisajes campestres —vaca incluida—, con paisajes marinos, con monumentos nacionales dedicados a ilustres vencedores de batallas perdidas, con estrellas del deporte, con retratos de cantantes pasados de moda, de antes de que yo naciera, y qué decir de los vendedores. Me miraban como a un loco caído del cielo al cual podían encajarle toda la mierda que se apolillaba en las vitrinas.

Mabel no tardó en descubrir mi truco.

Ningún hombre podía tener tantas corbatas, y mucho menos esos modelos tan exclusivos que yo sometía a las hábiles manos de las tres hermanas.

Una tarde me dijo que no era preciso que me arruinara comprando más corbatas. Que, si quería visitarla, simplemente fuera a visitarla. Eso me dijo, con la boca, con los ojos y las manos.

Mi vida cambió notoriamente. Dejé de ir al billar, donde no me iba del todo mal; para entonces yo era ya uno de los créditos del grupo a la hora de ganarle unas docenas de cervezas a algún gil recién caído. Cada tarde salía de la oficina y, dando un gran rodeo para evitarme un encuentro con mis compinches, me dirigía al negocio de las mudas. Tomábamos té con galletas y nos entendíamos sobre muchos temas sacados del chismorreo del vecindario hasta que llegaba la hora de encender la radio. Allí, en silencio, nos mamábamos la audición de tangos, las palabras pausadas y sentidas de otra Mabel, Mabel Fernández, que nos entregaba *Una voz, una melodía y un recuerdo* por las ondas de Radio Nacional y, más tarde, bebiendo unas discretas copitas de vino añejo, seguíamos con atención las historias de *La tercera oreja*.

Las hermanas contaban con un receptor que ni soñó Marconi. Era una Erreceá Victor grande, con la figura del perrito inclinado junto al gramófono, y a la cual el maestro Pepe, el electricista del barrio, había hecho algunos añadidos que permitían conectar tres pares de audífonos, de aquellos usados en las viejas radios de galena.

Los cables de los audífonos no eran suficientemente largos, de manera que las hermanas debían acercar sus cabezas al receptor adoptando el mismo gesto atento del perrito, y yo me divertía viéndolas empuñar las manos cada vez que el villano estaba a punto de conseguir sus perversos propósitos y sintiendo cómo se relajaban cuando el héroe se acercaba a toda velocidad para salvar a la niña.

Historias de gángsters en el Chicago de la ley seca, del Oeste, con Búfalo Bill como protagonista, las más variadas versiones de *Romeo y Julieta*, las proezas de Hércules Poirot y la señorita Marple, historias de Sandokán, «el Tigre de Malasia», y qué decir cuando llegaba la Semana Santa: Vida, Pasión y Muerte de NSJC y sus muchachos, todo pasaba por los cuerpos de las tres hermanas.

Al poco tiempo me convertí en una especie de pensionista vespertino y, tras un breve alegato, las hermanas aceptaron que yo pusiera por lo menos el vino para acompañar las cenas y que los domingos aportara las empanadas.

Pasaban los meses. Al despedirme, luego de escuchar *Las historias del siniestro doctor Mortis,* Mabel me acompañaba hasta la puerta y allí permanecíamos unos minutos mirando pasar los escasos autos. Yo, fumando un Liberty y ella, tomando el fresco. Fue en una de esas despedidas cuando me indicó que deseaba hablar conmigo a solas y me propuso encontrarnos al mediodía siguiente en las puertas de la Lencería Alemana, a donde iría para adquirir ciertos materiales.

Así lo hicimos. El encuentro tenía algo de clandestino y yo me avergonzaba de la posibilidad de ser visto por algún compinche. Me imaginaba los comentarios en el billar, las bromas que tendría que aguantar el día en que regresara a los tacos y, ante todo, temía la posibilidad de terminar agarrado a puñetes con más de uno. La llevé a un café alejado del centro, pedimos leche con vainilla y le dije entonces que era su turno.

Acercó la silla y con sus labios silenciosos fue diciéndome palabras que en el brillo de sus ojos entendía con toda claridad.

Me estimaba mucho y se alegraba de tenerme como amigo, ¿porque somos amigos, no? Dijo que ella sabía que era una mujer fea, sí, bueno, no tan fea como otras que andan por la calle, pero sabía que era flaca, que no sabía caminar de esa manera que les gusta a los hombres, y sabía también que yo la miraba, no como a una mujer más, sino como a una amiga. Luego de dudar unos segundos agregó que yo era el primer amigo que tenía en su vida.

Le tomé las manos entre las mías. Sentí que las miradas extrañadas que nos prodigaban los mozos dejaban de importarme.

Esta era la primera vez que se encontraba en la calle

con una persona que no fuera una de sus hermanas, y esta primera vez la hacía sentirse bien. Confianza. Eso era lo que sentía conmigo. Confianza. Lo repitió varias veces. Y porque sentía esa confianza, deseaba pedirme algo y, si yo me negaba, gracias a esa misma confianza nuestra amistad no sufriría el menor daño. Toda su vida consistía tan sólo en estar en la tienda, en la casa, ir a la lencería, a veces tomar un helado y visitar una vez al mes la compañía de electricidad para pagar la cuenta de la luz. Tenía treinta y cinco años y en toda su vida no había hecho más que eso.

—Un momento. ¿Es que nunca fuiste a la escuela, por ejemplo?

No. Sus padres habían considerado suficiente desgracia el tener tres hijas mudas en la casa y se negaron a exhibirlas en el vecindario; además, en la escuela pública hubieran sido objeto de sorna —ya sabes cómo son de crueles los niños—, y los colegios especiales quedaban muy lejos en distancia y en dinero.

—Hasta ahora no me has dicho qué quieres pedirme.

Que la llevara un poco a ver el mundo. No cada día, eso estaba claro. Suponía que yo debía de tener otras amigas, una novia, era un muchacho bien parecido y respetuoso. No cada día, de vez en cuando nada más. Que la llevara, por ejemplo, al cine, donde nunca había entrado, y bromeando agregó que a lo mejor un día me atrevía a invitarla a un baile. Naturalmente que no debía sentir miedo por los gastos. Ella manejaba su dinero y, si me parecía bien, podíamos partir las cuentas.

Me dejó helado.

—¿Nunca has ido al cine, al circo, al teatro?

Negó con la cabeza y se quedó observándome.

Le dije que sí, que desde luego. Que invitarla al cine era algo que pensaba desde hacía mucho tiempo y por timidez no me había atrevido a decírselo. Sin soltarle las manos le dije además que no era cierto eso de que era una mujer fea, e incluso cometí la patanada de decirle que no representaba sus treinta y cinco años.

Me miró con ternura, se inclinó y me besó suavemente en la cara.

Mabel y yo. En un corto tiempo nos transformamos en devoradores de películas en castellano. Disponíamos de los cines Santiago y Esmeralda para nosotros. No nos perdíamos ninguna con Libertad Lamarque, Mercedes Simone, Hugo del Carril, Imperio Argentina, Lucho Córdova, Sarita Montiel. Las películas mexicanas le resultaban demasiado lacrimosas, exceptuando las de Cantinflas, desde luego, y terminada la función nos atorábamos de lomitos con palta en el Bahamondes y subíamos al cerro Santa Lucía picoteando un cucurucho de maní. Mabel nunca fue un ser triste, y con nuestras salidas se convirtió en una persona alegre.

Mabel cambiaba en detalles que no eran fáciles de percibir a primera vista. Mabel cambiaba ante la estupefacción de sus hermanas mayores.

Un día, insistió en que la acompañara a una peluquería y cambió su melena partida al costado por un peinado alto, «a lo Brenda Lee», según nos confesó la peluquera, y acortó unos centímetros sus vestidos. Una tarde apareció tapándose la boca con las manos y sólo las retiró cuando estuvo a mi lado. Tenía los labios pintados y en los ojos un brillo que nunca antes me mostrara.

Mabel cambiaba, y su cambio no dejaba de gustarme. Tal vez por eso tuve la idea de invitarla a un baile.

El Santiago de los años sesenta. Cada sábado se podía escoger entre una veintena de fiestas convocadas por clubes o colegios. Bailes para recaudar fondos para el hogar de huerfanitos. Bailes para reunir puntos en favor de tal o cual candidata a reina de la belleza. Bailes por los damnificados en el último terremoto. Baile para ayudar al benemérito cuerpo de bomberos. Baile para recaudar fondos para el viaje de estudios al extranjero —es decir a Mendoza— de este o ese curso de un liceo. Bailes.

Me decidí por un local al que nunca asistían los miembros de mi antiguo grupo. El Centro Catalán. Un viejo caserón de la calle Compañía que se caracterizaba por la observación de las buenas costumbres y del manual de Carreño exigidos a toda la concurrencia. Mabel estaba feliz. Sus hermanas, que no miraban con muy buenos ojos nuestras salidas, trabajaron como enanas en la confección del vestido. Una semana estuvieron inclinadas frente a la Singer, dale que dale al pedal, y al fin, Mabel, ¿cómo olvidarla?

Mabel vestida de gasa rosa, zapatos del mismo color y una pequeña cartera de lentejuelas en la mano.

Entre baile y baile bebíamos vasitos de ponche, evitábamos a los audaces que nos ofrecían sus botellas de pisco metidas de contrabando y nos poníamos de acuerdo respecto de cuál candidata a reina de la fiesta contaría con nuestro apoyo. No le daba ni un respiro, ni un minuto de pausa para no arriesgar a que ella se enfrentara con algún patudo que le pidiera un baile. Nunca fui buen bailarín, y Mabel está claro que era la primera vez que lo hacía, sin embargo la orquesta tocaba un mambo y allá estábamos nosotros, un pasodoble, vamos, una cumbia, vamos, un tango, vamos, se hace lo que se puede. A eso de la medianoche la orquesta hizo una pausa y fue reemplazada por los discos, y allá estábamos en medio de la pista, con Los Ramblers, Los Panchos, Neil Sedaka, Bert Kaempfer, Paul Mauriat, Adamo, abrazados, mecidos suavemente por la voz de capado de Elvis Presley que lloraba en la capilla. Mabel sudaba bajo la gasa y yo sentía cómo se me deslizaba la brillantina por el cuello.

—Estás muy linda, Mabel, pero muy linda —alcancé a decirle antes de sentir que una mano me remecía el hombro.

Palidecí. Era Salgado, uno de los capos del billar.

—Viejo, ahora me explico por qué te has desaparecido. Calladito que te lo tenías. Vamos, sé educado y preséntame a tu novia.

No supe qué responder, y Salgado, canchero como siempre, me apartó a un lado y tomó la mano de Mabel.

—Mucho gusto. Guillermo Salgado, Memo para los amigos. ¿Y usted, corazón, cómo se llama?

Mabel me miraba con los ojos muy abiertos. Sonreía.

—¿Qué le pasa, corazón? ¿Le comieron la lengua los ratones o se la mordió este guarén que la acompaña?

Mabel dejó de sonreír y a mí me costó sacar la voz.

—No le pasa nada. Ya te presentaste, así que esfúmate y déjanos en paz.

Salgado me tomó del brazo con energía. Lo había insultado en presencia de su pareja y eso no podía quedar así.

—Viejo, ¿qué maneras son ésas de tratar a los amigos? Si tu mina es muda, bueno, es problema de ella, no hay por qué enojarse.

Le reventé la nariz de un golpe y fue un error muy grande. Salgado era mucho más fuerte y corpulento que yo. Sorprendido todavía, más que por el golpe, por la sangre que caía abundante y le manchaba el traje, se levantó y entre el griterío me lanzó un derechazo que no conseguí esquivar y que me dio de lleno en un ojo.

Nos expulsaron del baile cuidando, eso sí, que Mabel y yo saliéramos primero mientras atendían a Salgado para contenerle la hemorragia. Por el ojo cerrado pasaban dolorosos destellos de luz y por el otro tampoco veía mucho, nublado por unas lágrimas de bronca y de vergüenza.

Ya en la calle, trataba de disculparme y Mabel me acercaba un dedo a los labios indicándome que no debía hablar. Apretaba con fuerza mi brazo, me acariciaba la cabeza, y no sé cómo lo hizo, pero el asunto es que mientras esperábamos un taxi se metió en una cafetería y regresó con una bolsa de cubitos de hielo.

En el taxi sujetaba mi cabeza en su regazo y la bolsa de hielo sobre mi ojo cerrado. Me sentía extraño. Me sentía caballero andante. Me sentía miembro de la Tabla Redonda del rey Arturo. Me sentía macho en definitiva, y lamentaba no tener dinero suficiente como para decirle al taxista: «Usted siga y no pare hasta que yo se lo ordene».

—¿Me perdonas?
—¡Sh!

El vestido de Mabel era delgado. Podía sentir el calor de su cuerpo.

—¿Me perdonas?
—¡Sh!

Su cuerpo era tibio. Sus manos revolvían mi cabello. Sentía en la cara la dureza de sus pechos.

—¿Me perdonas?
—¡Sh!

Levanté el brazo. Le pasé la mano por el cuello y atraje su cabeza.

Primero Mabel permaneció con su boca sobre mi boca, sorprendida, sin reaccionar, pero al hurgar entre sus labios, al sentir mi lengua entre sus dientes, cerró los ojos y nos buscamos los rincones más escondidos de nuestras bocas. Nos besamos largamente, no sé por cuánto tiempo. Sólo sé que fuimos interrumpidos por el carraspeo discreto del chófer. Al mirar a la calle, el mundo me pareció vacío y sin sentido. La luz roja de un semáforo nos detenía en un punto de la ciudad que nunca habíamos recorrido.

—Déjenos aquí. ¿Cuánto le debo?

Caminamos abrazados, sin hacernos ni una sola seña en nuestro íntimo código. Lo único que hacíamos era detenernos cada tantos metros y besarnos, besarnos hasta sentir que sobraba la necesidad de respirar.

Así, caminando, llegamos hasta una pequeña plaza desierta. Ocultos por la sombra de un acacio la abracé con fuerza y estiré hacia abajo una de mis manos. Toqué sus rodillas, sus piernas suaves, delgadas y firmes. Seguí hacia arriba. Sus muslos se apretaban, temblaban. Metí los dedos bajo el elástico del slip y fui recorriendo la superficie de sus nalgas duras como piedra, sintiendo en las yemas el cosquilleo producido por la vellosidad de su pubis y el calor húmedo que delataba su sexo. La sentí llorar de pronto. Estaba oscuro y ella no podía leer el movimiento de mis labios preguntando si se sentía mal. Intenté apartarme, pero Mabel me abrazó con energía y llevó mi mano con toda decisión a su entrepierna.

Todo ocurrió muy rápido. El hotel, las luces a la altura de los zapatos, la cara invisible del recepcionista, los pies de la camarera que nos entregó las toallas, la cama grande, el espejo en la pared, la música absurda que nos llegaba desde orificios secretos, el teléfono inútil sobre el velador, las cajitas de fósforos con el logotipo del hotel, el vestido de gasa flotando sobre la silla, Mabel en la semipenumbra, sus pechos pequeños, su aroma de colonia inglesa, su quejido ahogado por la almohada, mi derrota de semen y sueño y, más tarde, el ojo doliéndome de nuevo, aguijoneado por la punzante claridad del alba, el despertar en la cama ajena, el buscar con las manos a Mabel, que ya no estaba.

Al enfrentarme al espejo vi que el ojo era una enorme mancha azul que me cubría casi un tercio de la cara. Por fortuna era temprano y los domingos no suele haber mucha gente en las calles. En un taxi me fui a mi cuarto, confiado en que con la ayuda de un trozo de carne la hinchazón disminuiría, y por la tarde podría salir entonces al encuentro de mi mundo oculto tras la cortina bermellón. Pero la maldita hinchazón no decrecía, por el contrario, el ojo empezó a supurar una sustancia lechosa. Permanecí todo el día en cama, a oscuras, y al día siguiente me reporté enfermo en la oficina. Con la ayuda de un médico amigo que me diagnosticó una gastroenteritis fulminante, conseguí tres días de permiso, que los pasé entre compresas de agua con mostaza, fumando y pensando en Mabel.

Al tercer día el ojo recobraba la normalidad y, por la tarde, premunido de gafas de sol, me encaminé hacia la casa de las mudas.

Me recibió la mayor de las hermanas y como siempre me invitó a pasar tras la cortina. ¿Y Mabel? Me ofreció una taza de té, indicándome que tenían del bueno, del Ratampuro, y galletas. ¿Y Mabel? Me respondió con señas que no estaba, que había viajado al sur a casa de unos parientes, que se había sentido súbitamente mal de los bronquios y que el aire del campo es tan bueno en esos casos.

Fue una tarde larga. Las dos hermanas colgadas de los audífonos. La audición de tangos, el Reporter Esso, el estúpido perro de la Erreceá Victor inclinado sin mirarme, la versión radiofónica del *Asesinato en la calle Morgue*. La sopa de menudencias, la tortilla de apio con arroz graneado, la leche asada, el vino añejo. ¿Y Mabel? No. No tenemos la dirección. Son unos parientes lejanos. Sólo Mabel mantiene contacto con ellos. No. No dijo cuándo volverá.

El segundo, el tercer, el cuarto día. Las mismas respuestas dibujadas vagamente, pero ¿a qué ciudad viajó? No lo sabemos. Sólo Mabel sabe dónde viven. ¿No dijo nada? No. No dijo nada de la fecha de regreso. ¿Y si le pasa algo? ¿Qué le puede pasar? ¿No saben por lo menos a qué provincia? No. Ya le dijimos que...

Dejé de entrar en la casa de las mudas. Me limitaba a pasar frente al negocio y por entre los clientes que entraban o salían con sus corbatas y sombreros atisbaba buscando la presencia de Mabel.

Más tarde, ni siquiera llegaba a la puerta del negocio. Me servía de unos niños que a cambio de unas monedas me mantenían informado. Nada. Ni rastro de Mabel. Nada. Ninguna noticia de Mabel.

Uno se conforma a fin de cuentas. Uno se resigna a perder el nirvana. El peor castigo no es entregarse sin luchar. El peor castigo es entregarse sin haber podido luchar. Es como tirar la toalla por ausencia del contrincante y, aunque al púgil le levanten la mano entre bostezos, la sensación de derrota perdura hasta convertirse en resignación.

Volví al billar, a los tacos, a ganarle una docena de cervezas al primer incauto. Salgado me esperaba y repetimos la función del reventón de nariz y ojo cerrado, dos, tres veces, hasta que terminamos con un apretón de manos declarando que la amistad tenía que ser así, peleada.

Mabel.

Con el paso del tiempo aprendí a olvidar sus palabras ojos, la dimensión de sus adjetivos labios, la nitidez de sus manos sustantivos. Con el paso del tiempo pasó el tiempo sobre mis pasos, y yo me fui llenando de olvidos que me fueron olvidando. La ciudad de la que he hablado ya no existe, ni las calles, ni el negocio de las mudas, ni las corbatas anchas como remos, ni las palmeras enanas, ni la atmósfera proustiana libre de decadencias. Todo ha sucumbido. La música, el salón de bailes, el perro inclinado junto al gramófono. Todo se perdió, lo perdí. Se perdió hace tiempo la hinchazón de mi ojo, pero queda el hematoma del alma y algo falta, Mabel, algo falta, y por eso uno va por la vida caminando como un insecto cojo, una lagartija sin cola o algo así.

Cita de amor en un país en guerra

Soy un hombre decente. Tengo miedo.

José Martí

Estaba contento. Tenía una cita para esa noche. Alguien a quien tocar, ver, hablar. Olvidar la muerte pan de cada día.

La mujer me gustaba. Me gustó desde la primera vez que la vi en un café de Panamá City. En aquella ocasión acompañaba al hombre macizo que nos había dado las instrucciones necesarias y las contraseñas para seguir a Costa Rica y, de allí, continuar hasta la frontera norte, donde nos uniríamos al grueso de la brigada.

La mujer no habló durante la conversación. Incluso a la despedida mantuvo su silencio. Un fuerte apretón de manos, nada más.

Pablo estaba conmigo ese día y, una vez que los contactos se marcharon, bebimos varias rondas de cubalibre.

—Te gustó —me dijo.

—Desde luego. Es normal, ¿no? Siempre hay mujeres que nos gustan.

—Ojo, hermano. Más vale que la olvides.

—No he confesado estar enamorado.

—Mejor así. No pienses más en ella.

Pablo murió a los pocos días de cruzar la frontera y me alegré de no estar con él cuando ocurrió aquello. Fue horrible, como todas las muertes. Me enteré por un parte de guerra y más tarde por boca de un compañero que me contó los detalles.

La columna de Pablo había logrado avanzar varios kilómetros desde Peñas Blancas en dirección a Rivas. Anochecía cuando descubrieron una choza abandonada y, luego de hacer una inspección, decidieron pernoctar en ella. El único superviviente, el que me contó la historia, logró salvarse nada más que por un golpe de suerte. El comandante de la columna le ordenó quedarse de guardia fuera de la choza. Todo pasó muy rápido. En el interior encontraron un poco de leña, y entre los palos la guardia había dejado una trampa caza-bobos. Alguien de la columna quiso hacer una fogata y, al levantar un leño, la explosión los mató a todos.

No pensaba en Pablo mientras me dirigía al lugar asignado. Pensaba en la mujer.

Hacía ya muchos meses que no abrazaba un cuerpo tibio, un cuerpo suave, alguien que me hiciera preguntas, alguien que respondiera a las mías. Era demasiado tiempo sin prodigar ni recibir un poco de ternura. El tiempo justo para convertirse en una bestia en medio de la guerra.

Estábamos en Rivas, y era la tercera vez que tomábamos la ciudad en menos de dos meses. Al parecer la guardia estaba ahora bastante debilitada y permaneceríamos allí un breve período antes de seguir hacia Belén, donde nos dividiríamos para atacar Jinotepe y Granada en forma simultánea.

Ella me habló cuando estábamos en la fila recibiendo parque.

—Tú y yo nos conocemos. ¿Te acuerdas?

—Seguro que me acuerdo. Puedo decirte cuántas patas tenía la mesa del café en Panamá City.

Se rió.

—A veces la memoria no es buena compañera. Hay que saber olvidar rápidamente.

Una vez que recibimos los pertrechos nos fuimos a sentar a un lugar sombreado de la plaza.

—Esta debe de ser una ciudad muy bella cuando no hay guerra. Una ciudad para disfrutar la puesta del sol sintiendo en la espalda la brisa del lago.

—Es una ciudad bella. Yo soy de aquí.

—¿Tienes familia aquí?

—Prefiero no hablar de eso.

—Está bien. Si así lo prefieres... Una última pregunta. ¿Dónde está el compañero de nuestro encuentro en Panamá?

—Muerto —respondió.

El hombre había recibido instrucciones de avanzar hacia el este, su columna debía cerrar la tenaza que se abatía sobre Bluefields. Las fuerzas de Pastora atacaban desde San Juan del Norte, y el hombre conocía muy bien la zona luego de siete años de lucha en esos montes. Tras algunas escaramuzas ocuparon Juigalpa, y de allí siguieron hasta Rama, donde la guardia les tendió una trampa obligándolos a replegarse en una zona pantanosa. Después de varios ataques de la aviación somocista, a él lo capturaron junto a otros pocos supervivientes. A todos los desollaron vivos antes de rematarlos.

—Lo siento —fue lo único que pude decir.

—Yo también. Aunque ya no éramos compañeros —me dijo con palabras muy pausadas.

—¿Estás sola?

Sin palabras me dio a entender que sí y, al acariciarle el rostro, cerró los ojos.

El sol pegaba con fuerza cuando llegué a mi lugar, y era mejor así. De otro modo los insoportables mosquitos me hubieran enloquecido.

Era un cuarto construido con planchas metálicas, anteriormente usado por la guardia para mantener a los prisioneros incomunicados. Nosotros le dábamos el mismo fin y dentro debía de hacer un calor sofocante.

Tenía que vigilar al prisionero que juzgáramos durante la mañana. Todo lo que sabía de él es que era un «oreja», un informante de la guardia y que por su culpa habían caído muchos de los nuestros, y mucha gente sin más razón que la de vivir en Rivas. Apoyé el fusil contra la pared de calaminas y me senté en el suelo de grava. Tenía sed y, cuidando de que nadie me sorprendiera, saqué de un bolsillo de mi camisa la botella de ron.

El alcohol estaba prohibido entre los combatientes, bueno, formalmente prohibido, pero siempre había manera de procurarse algo de beber. Era bueno el ron nica. Fuerte y algo dulzón, con un sabor a caña que permanecía largamente en el paladar. Me gustaba el ron, pero no me gustaba estar allí. Quedaba poco en la botella. Era una de esas botellas tableadas que la gente de las ciudades tranquilas usa cuando va al hipódromo o cuando viaja. No. No me gustaba estar allí, vigilando al prisionero y divagando acerca de la botella.

Sentado, pensé en que donde quería estar era en el Manolo, ese café al comienzo de la avenida Amazonas, en Quito.

Se estaba bien allá. Uno podía ocupar una mesa bajo un quitasol con propaganda de cigarrillos Camel, un whisky con hielo y permanecer largas horas leyendo el diario, o simplemente mirando pasar a la gente. A veces se acercaba un conocido y desde la vereda preguntaba:

«¿Qué hay? ¿Qué haces esta tarde?».

«No lo sé. No tengo planes.»

«Formidable. Nos juntamos entonces en lo de Charpentier, o más tarde en el Oso Polar.»

«Conforme. Así lo haremos.»

Se comía bien en lo de Charpentier, y el Oso Polar

era un oscuro tugurio frecuentado por cantantes y toreros en desgracia. Era un buen lugar antes de cerrar la noche con un canelazo.

Encendí un cigarrillo y el hombre me habló.

—¿Me puedes dar uno, hermano?

Maldije el olfato del tipo. Me quedaban muy pocos y quién sabe si encontraría algo de fumar cuando se acabaran. Pero no se puede negar un cigarrillo. Yo también conocía el encierro y sé las ganas de fumar que da. Además, eran sus últimas horas.

—Toma.

Le pasé uno encendido por la ranura inferior de la puerta.

—Gracias, hermano.

—No me digas hermano.

—Todos somos hermanos. Caín y Abel también eran hermanos.

—Cállate.

El prisionero no volvió a hablar, y era mejor así.

Pensaba en la mujer. Habíamos comido juntos al mediodía. Me llevó hasta una casa en la que se entraba por el hueco de un cañonazo. Dentro se encontraban dos viejas desdentadas que sonreían con picardía mientras me miraban.

—No es de por aquí el compa —comentó una de ellas.

—No. De un poco más al sur —le respondí.

Prepararon tortillas y en un pocito de barro colocaron los frejoles cocidos. Nos dejaron solos.

—Lástima que no haya nada para tomar, excepto agua.

—Yo tengo sed —respondí sacando mi resto de ron.

—¿Puedes tomar ron con la comida?

—No. Pero agua tampoco. Me llena las tripas de parásitos.
—Espera. Creo que todavía hay un poco de café.
Mientras se inclinaba sobre la hornilla la abracé por la cintura.
Sentí su espalda contra mi pecho y la besé en la nuca.
—Cuidado. Pueden volver las viejas.
—¿Y qué importa? Se supone que hacemos esta revolución para ser libres. Toda esta puerca guerra es para eso, ¿no?
—No lo entiendes.
—¿Qué coño es lo que tengo que entender?
Me besó, y me hizo prometer que regresaría a la noche.

El sol seguía pegando con fuerza. A ratos pensaba en el prisionero que se cocinaba allí dentro y de inmediato desviaba mis pensamientos. No era asunto mío y no me gustaba estar allí. Maldecía esa guerra en la que estaba voluntariamente envuelto, esa condenada guerra que se prolongaba más y más de lo pensado. Terminé hablándole.
—¿Quieres fumar?
—Si tú me convidas a uno, hermano.
—Te he dicho que no me digas hermano.
Encendí dos y le pasé uno por debajo de la puerta.
—Gracias, hermano.
Me dio risa.
—Está bien, hermano. Toma. —Metí la botella por el espacio de luz que había entre la puerta y el suelo—. Bebe un trago, pero no todo.
—Gracias, hermano. Pero no bebo.
—¿Y se puede saber por qué no, hermano?

—Porque soy evangélico, hermano.
—¡A la mierda contigo!
La camisa se me pegaba al cuerpo y las botas me torturaban como siempre. Trataba de pensar en otras cosas, en otros lugares para no sentir el castigo del sol. Pensaba, por ejemplo, en lo bueno que sería tomar un bote y remar lago adentro hacia las islas Solentiname, pero eso era algo absurdo. La guardia patrullaba el lago día y noche, y desde las lanchas solían tener una puntería endemoniadamente buena. Trasladé mis pensamientos a Costa Rica, al rinconcito europeo que Esteban me mostrara una tarde a pocos kilómetros de Moravia. El rinconcito era una media hectárea de bosque cruzado por un arroyo repleto de truchas. Siempre que podíamos nos íbamos de pesca y, a la sombra de frondosos árboles, nos hartábamos de truchas fritas y vino chileno.
—Hermano...
—¿Qué quieres?
—¿Cuándo van a fusilarme?
—No lo sé. ¿No te lo han dicho?
—No me han dicho nada, hermano. Pero no importa. Yo sé que van a fusilarme muy pronto, y lo merezco.
—Coño. Si quieres un confesor puedo hacer que te llamen a un cura.
—No, hermano, gracias. Ya te dije que soy evangélico.
El tipo debía de estar medio loco. Tal vez se le había cocinado el cerebro. No lo había visto nunca, pero el timbre de su voz delataba a un hombre joven.
—¿Sabes por qué me tienen aquí, hermano?
—Porque eres un oreja.
—Es cierto. Pero todo lo hice por amor.
—¿Por amor? ¿Por amor delataste y mandaste a la muerte a docenas de personas? Es bastante extraño tu concepto del amor.

—A veces el amor se confunde con el odio y no hay nadie que pueda enseñarnos la diferencia. No me odies, hermano.

—Yo no te odio. Y por todos los diablos no vuelvas a llamarme hermano.

La conversación con el prisionero me puso de mal humor y, para colmo, la botella se había vaciado. El atardecer llegó trayendo un poco de brisa desde el lago y, a mí, el reemplazo.

—¿Novedades?

—Ninguna.

—Si te das prisa, alcanzas a comer un poco de puerco.

Y vaya si me apresuré. Hacía semanas que no probaba un bocado de carne. Comía cuando un hombre con distintivo de comandante se sentó a mi lado.

—¿Está bueno?

—Pasable. Seguro que en el Intercontinental se come mejor.

—Seguro. A ver si lo comprobamos cuando lleguemos a Managua.

—A ver.

—¿Estabas de guardia con el prisionero?

—Sí. Toda la tarde.

—¿Habló algo?

—Ni media palabra.

—Es un hijo de puta, te lo aseguro, hermano.

—Seguro, hermano.

Terminada la cena, procuré conseguir algunos cigarrillos y tuve suerte. El quiosco de la plaza estaba abierto e iluminado como si la guerra transcurriera en algún lugar muy distante, y me vendieron no sólo cigarrillos, sino también una botella de ron y un tarro de jugo de mango. Pertrechado, mi humor mejoró y bebí una cerveza helada charlando con dos mujeres combatientes. Extrañamente, la guerra desapareció en medio de la noche estrellada y las mujeres hablaron del futuro con una desenvoltura que primero me sorprendió y que terminó por disgustarme. Eran odiosamente optimistas, y yo siempre me he cuidado de la gente así. De Pablo aprendí que a la larga traen mala suerte.

La oscuridad me decidió a encaminarme a la casa de las viejas. Una de ellas me recibió con una pícara risita.

—Ha vuelto el compita del sur.

—Sí. He vuelto.

—Pase, pase, que lo están esperando.

La vieja se esfumó sin abandonar su risita. Dentro, la mujer colgaba un mosquitero sobre la hamaca.

—¿Cómo estuvo la tarde? —preguntó.

En un mueble encontré dos vasos y preparé un trago de ron con jugo de mango.

—Mal. Estuve de guardia junto al prisionero.

—Ah.

—¿Lo conoces? Me han dicho que es de aquí también.

—Prefiero no hablar de eso.

—Tienes razón. No hablemos de él. Toma. Se puede decir que es un cóctel ecuatoriano. ¿Te gustan los cócteles? Si llegamos vivos a Managua, te invitaré a un martini seco y te dejaré comer mi aceituna, te lo prometo.

Al pasarle el vaso la tomé por la cintura y, al intentar besarla, descubrí que lloraba.

—¿Me quieres decir qué demonios pasa?

—Nada. No pasa nada.

—¿Nada? Mira. Aclaremos las cosas. Yo quiero estar contigo, ¿lo entiendes? Me gustas y quiero estar contigo esta noche. Ni tú ni yo sabemos lo que nos pasará mañana, ¿lo entiendes? La única persona que conoce su futuro en esta maldita ciudad es el prisionero, sabe que lo matarán antes de que salga el sol. Estoy harto de esta maldita guerra y no tengo otro deseo que el de estar contigo, pero bien, y si es posible con una pizca de alegría. ¿Puedes entenderlo? Ahora, si quieres que me largue, pues dilo y aquí no ha pasado nada.

Sentí ganas de marcharme, pero la mujer me contuvo.

—Está bien. Siéntate aquí, a mi lado. Tú también me gustas. Me gustas desde el día de nuestro primer encuentro, a pesar de no habernos dicho nada. También estoy cansada y no me importa lo que me pueda pasar mañana. También quiero estar contigo esta noche, pero antes tengo que hablar, tengo que hablar con alguien, perdóname que te utilice, pero es como un vómito, lo que voy a decirte será como un vómito, pero a veces es necesario vomitar lo que nos pudre por dentro. Escúchame sin interrumpirme. Te repito que es un vómito. Ese hombre, el prisionero, es mi esposo. Es todavía mi esposo. No lo amo, no lo amé nunca. Es un pobre diablo que ni siquiera tiene la inteligencia necesaria para ser un hombre malo. Hace cuatro años lo abandoné. Me incorporé a la lucha y me fui con el compañero que conociste en Panamá. Cuando lo hice, el prisionero, mi marido, se volvió loco y empezó a delatar a todo aquel que se le antojó colaborador del Frente. Hoy le vi por primera vez luego de cuatro años, y ¿sabes lo que me dijo? Que todo lo había hecho por amor, por su amor por mí. ¿Te das cuenta? ¿Entiendes lo que siento?

—A mí me dijo lo mismo —alcancé a decir cuando sonaron los disparos y la mujer me miró con enrojecidos ojos de viuda.

208

Formas de ver el mar

El auto tomó la curva a más de noventa, las ruedas dejaron escapar un quejido de gomas y la mujer se aferró al asiento sin perder la expresión de hastío.
—¿Qué diablos te pasa ahora?
—Necesito mear.
—¿No puedes hacerlo en la próxima gasolinera?
—Me gusta mear al aire libre.
Tras abandonar la carretera nacional, el auto prosiguió la marcha por un sendero estrecho y al poco rato desapareció bajo la arboleda.
—Aquí está bien —dijo el hombre.
Detuvo el vehículo, apagó el motor, abrió la puerta y echó a caminar entre los árboles.
La mujer lo miró avanzar, detenerse, llevar las manos a la bragueta, abrir las piernas y por entre ellas vio caer el chorro de orina.
Era el primer acto consecuente realizado por el hombre en mucho tiempo. Manifestó deseos de orinar y lo hizo. Eso ya era algo.
Llevaban dos días de viaje. En el asiento trasero del auto descansaban varios objetos: un mapa de España, un caballete, tres lienzos vírgenes, varios blocs, una caja de lápices y otra de óleos y pinceles. Había también una botella de coñac comprada en un alto del camino.
El vehículo era incómodo, excesivamente funcional, impersonal como todos los autos de alquiler, pero al

hombre no le importaba. En realidad, nada parecía importarle.

Tres semanas atrás había caído la primera nieve en Estocolmo, y la mujer lo había encontrado en su *atelier*, a gatas, limpiando entre maldiciones la estufa de carbón. Por todas partes se apilaban vasos y tazas sucias, botellas vacías y lienzos sin enmarcar. El aire viciado impulsaba a abrir de par en par las ventanas.

—No has trabajado —saludó la mujer.

—¿Y para qué? No me gusta lo que tengo. A decir verdad, no tengo nada. Si muestro esta basura, la exposición será un fracaso.

—El director de la galería no opina igual. Le gustan tus cuadros, por eso programó la muestra y faltan menos de dos meses.

—Necesito ver el mar. El mar. Mierda de estufa.

—Pues asómate a la ventana. Ahí lo tienes.

—Hablo del mar. Del mar verdadero. El Báltico es un pozo de podredumbre. Todo está muerto. Esto no es el mar —dijo el hombre incorporándose.

Ella le quitó de las manos la pala y el cepillo. Se arrodilló y en breves segundos tuvo limpia la estufa, con los primeros carbones del invierno ardiendo. Enseguida se paró y abrió las ventanas indicando que el aire ayudaría al tiraje.

Afuera nevaba con suavidad, caían copos grandes como plumas de cisne, y la mujer se dijo que debería irse, de una vez, definitivamente, marcharse y dejarlo para siempre. Sabía que ya no lo amaba y que sólo un dejo de afecto la obligaba a permanecer junto a él, punzándola para que cumpliera.

Luego de la exposición, sería diferente. Pensaba desaparecer sin explicaciones ni despedidas. Programaba desde hacía bastante tiempo una deseada soledad en Oslo, frente a una chimenea, bien arropada, bebiendo vino rosado entre página y página de todos los libros que planeaba leer. Al otro lado de la ventana, el Báltico parecía un pañuelo ondulante, y recién sintió que el insulto a aquel mar le había sido dirigido a ella.

El hombre se acercó. Le acarició la cabeza y comenzó a besarle el cuello. La mujer se volvió y, al tenerlo de frente, recibió su aliento fétido, mezcla de alcohol y tabaco.

—Deja. No tengo ganas —musitó.

El hombre le puso las manos sobre los hombros y las bajó recorriéndole el cuerpo. Al llegar a las rodillas las metió bajo el vestido y las subió acariciándole los muslos.

—Dije que no tengo ganas —repitió ella ofuscada, pero el hombre la dobló hacia atrás abrazándose a su cintura. Cayó sobre ella, y, en el suelo, con movimientos bestiales, le quitó las botas, el leotardo y las bragas.

—¡Suéltame! —gritó la mujer, y el hombre se hizo a un lado. En sus manos tenía las bragas blancas, las observó detenidamente y se las puso sobre la cara como una máscara.

—Quiero ver el mar. El mar —dijo, y se alejó a contemplar su máscara en un espejo.

Aterrizaron en Madrid y en el aeropuerto alquilaron el auto. Durante los días previos al viaje el hombre había decidido que irían a Cádiz dando un rodeo, bordeando Portugal, y ella pensó que tal vez le haría bien, que la presencia de un mar al gusto de él le devolvería las ganas de trabajar.

En Salamanca, luego de cenar, ella le hizo algunas preguntas acerca de Cádiz, mas lo único que consiguió saber fue que Rafael Alberti era de allí. Luego, el hombre cayó en un abismo de silencio buscando afanosamente algo en el fondo de su copa.

—¿Y ahora qué te pasa?

—Nada. Mañana seguimos al norte.

—Cádiz está al sur.

—No pienso ir a Cádiz.

—¿Y el mar? ¿No querías ver el mar?

—Quiero ver un mar mar. Además hay ciertas cosas que no me gustan.

—¿Cuáles?, dímelo por favor. Basta de jugar conmigo.

—No me gusta la comida andaluza —señaló el hombre y ordenó otra botella de vino.

Dos horas más tarde ella lo esperaba en la cama, y, en contra de sus predicciones, el hombre apareció locuaz.

—Mañana veré el mar. Es muy importante para mí ver el mar. Quiero sus luces, sus destellos, ¿entiendes? Quiero mostrar cosas nuevas, no la misma basura que pintan todos.

—Tus cuadros son buenos.

—Eso opinan los imbéciles de Escandinavia y Alemania. No tienen ojos. Miran con los bolsillos. Todo cuanto he pintado no es más que basura, objetos para decorar interiores de idiotas adinerados.

—Pero de eso vives y no lo haces mal. ¿Por qué me atormentas? Hice todo cuanto pude para que tuvieras tu exposición, porque tú lo quisiste. Soñabas con esa galería, la mejor de Estocolmo, y ahora que la tienes parece que me culpes.

—No seas estúpida. Quiero mostrar cosas nuevas, eso es todo. Te sienta bien la ira, ¿sabes? Un día te haré un retrato.

—¿Por qué no ahora mismo?

—¿Ahora? No. Voy a retratarte cuando seas vieja, con arrugas, con vida en la cara, con surcos móviles, como el mar. Y con el pelo canoso. Tal como eres ahora no me entregas nada, apenas una belleza perfecta.

—Gracias, es el piropo más dulce que he escuchado.

Al día siguiente abandonaron temprano Salamanca. El hombre insistió en conducir evitando las carreteras nacionales, tomando en cambio estrechos senderos serpenteantes, desesperándose al comprobar que desembocaban en vías mayores y acelerando entonces como para huir de algún peligro.

«Macho de mierda. Mierda de macho. Te veré triunfar porque vas a triunfar. Es tu condena. Luego no sabrás nada más de mí y podrás quedarte a solas con tu instinto, lo único que tienes.»

El hombre se acercó abrochándose la bragueta.

—¿Seguimos? —consultó la mujer.

—No. Me gusta todo esto. Mira los helechos. Mira qué verdor tan delicado. Mira cómo armoniza con el musgo, con las hojas podridas. Dame el bloc y los colores, aquí hay algo de lo que siempre he buscado.

Le entregó los materiales y, recostada en el auto, lo miró alejarse unos metros, acuclillarse con el bloc sobre las piernas, hurgando en la caja de lápices.

«Vaya, parece que se le pasó la regla. El animal artista en su elemento.»

Los pensamientos de la mujer no dispusieron del tiempo necesario para alcanzar un sendero optimista, porque un par de metros más allá el hombre despedazaba el bloc y de una patada arrojaba la caja de colores a la maleza.

—Mierda. Vine a ver el mar y me distraigo como un cretino olvidando que vine a ver el mar.

Quedaba poco tiempo de luz diurna y una brisa fría se colaba por entre el follaje. Todos los tonos del verde se amalgamaban en un gris uniforme, y de alguna parte llegaba el amable aroma a leños encendidos.

—¿Seguimos entonces? —preguntó la mujer.

El hombre se echó un trago de coñac y puso el auto en marcha.

—¿Sabes adónde vamos?

—Al mar.

—¿Sabes por lo menos dónde estamos?

—En Asturias.

Prosiguieron el viaje en silencio. Cuando la oscuridad se hizo total y ya no podía verse el camino, recién entonces el hombre encendió las luces.

En una curva, el haz de los focos iluminó una edificación de madera sobre pilares. La luz agresora bañó cientos de mazorcas cuyos granos brillaron como pepas de oro recién pulidas.

El hombre pisó el freno y la mujer se agarró a la guantera.

—¿Y ahora qué? ¿Quieres matarme?

—Mira eso. Es imposible obtener tal luz, ¿sabes? Es imposible. Es antinatural, violatoria, hermosa.

—Inténtalo.

—Intentar, ¿qué?

—Pinta eso. Una bodega en la noche.

—No es una bodega. Es un hórreo.

—¿Cómo lo sabes?

—Viene del latín. Allá conocí a muchos asturianos llegados luego de la guerra civil.

La mujer quiso decir: «Pinta eso, un hórreo en la noche», pero el hombre había pronunciado el «allá» con el mismo tono desgarrado que presagiaba las peores crisis, y por lo tanto prefirió no decir nada. Maldito «allá» de las comparaciones desproporcionadas. Maldito «allá» de las borracheras y de los tangos. Maldito «allá», territorio del instinto.

Siguieron por el estrecho sendero, deteniendo a veces la marcha para dejar el paso libre a una ardilla asustada o a un ratón de ojos saltones, hiriendo con los haces de luz la intimidad de los bosques, de las casas de muros gruesos, de más hórreos, hermanados en la burbuja que rodeaba al gran silencio nocturno.

Al entrar en Villaviciosa encontraron las calles vacías. El frío encerraba a las gentes en sus casas o en los bares tibios de voces. No les fue difícil encontrar un hotel, y, ya instalados, el hombre decidió que debían beber un aperitivo y estirar las piernas.

Caminaron. La soledad de las calles, apenas interrumpida por el paso apresurado de alguna mujer o por la carrera de un niño, confería a los pasos de la pareja un eco uniforme, porque la soledad termina hermanándolo todo de la misma manera, como las setas se hermanan silenciosamente con los hongos venenosos.

La mujer iba delante. Con las manos en los bolsillos del anorak, buscaba indicaciones que hablaran de la cercanía del mar, pero sólo encontraba datos históricos y, en las fachadas de antiguas casas de belleza irreal, rectángulos de piedra contaban la pétrea edad de los cimientos.

Frente a la plaza el hombre la alcanzó.

—Entremos a tomar una sidra.

—¿Con este frío?

—Te gustará. Entremos.

Al abrir las puertas batientes, a la mujer le pareció que entraban a un sitio anegado. Tres hombres calzados con botas de goma chapoteaban entre los parroquianos.

El hombre ordenó una botella y se acomodó ante la barra. Entonces la mujer vio al escanciador en su ritual. Con una mano dispuso un vaso ladeado casi a la altura

215

de la mitad del muslo, y con la otra alzó la botella por encima de la cabeza. El líquido salió como un chorro de miel, describió un arco perfecto y chocó contra el borde del vaso. El ritual sólo duró unos segundos y la mujer comprendió la razón de las botas de goma.

El hombre bebió complacido, con los ojos cerrados, y, cuando en el vaso no quedó más que un resto, lo arrojó al suelo mojado con un gesto de lejanía. La mujer supo que una vez más él no estaba allí, que lo que quedaba era apenas un residuo corporal, un espacio ocupado, y salió del bar sin decir nada.

Al llegar a la calle se alegró de no desear que el hombre la detuviera. Caminó. Cenó en un restaurante cercano y enseguida se dirigió al hotel.

«Basta. Ni siquiera me odia. No siente nada. Pobre hombre. No está aquí, ni en Estocolmo, ni en su allá. ¿Por qué no habré entendido que la idea de ver el mar, que la obsesión por ver el mar, no es más que una justificación para buscar las sombras que lo acosan? Y las busca con desesperación, porque ya no recuerda ni las formas. Pobre hombre. Pobre amor. Pobre artista. Pobre amor. Y ya no lo amo. Esa seguridad me salva. No puedo amarle. Nadie puede amar a un enfermo sin mentirse. Nadie puede ignorar la palabra compasión indefinidamente. Y cuando por fin se impone, una se avergüenza de haber envilecido el verdadero amor. Pobre hombre. Renuncio y no te dejo nada, ni siquiera la soledad que tan afanosamente buscas. Búsqueda inútil, pues harapos de recuerdos te nublan la vista y no te dejan alcanzarla. Pobre hombre. Pobre amor. Te dejo y no te darás cuenta de ello. Seré una ausencia más y, como estás tan lleno de ausencias, no percibirás la mía. Y lo más triste es sentir que te entiendo. Yo soy para ti la ausencia de las mujeres que amaste o de las que quisiste amar. Yo soy para ti el objeto de una pasión desesperada. Pobre hombre. Pobre amor. ¿Sabes qué buscas en el mar? La mínima certeza de que existe un otro lado donde tus derrotas te siguen esperando. Tus derrotas, lo único que quieres. Lo único que tienes. Pobre hombre. Pobre amor. Te dejo. Mañana regreso a Estocolmo, arreglaré tus cuentas, regaré tus plantas y dejaré la llave en el buzón. Luego viajaré a Oslo para emborracharme durante muchos días con la satisfacción del llanto liberado y del derecho a la esperanza. Pobre hombre. Pobre amor. Te dejo y, sin embargo, quiero ayudarte todavía.»

La mujer se descubrió mirando sin ver la pantalla del televisor encendido. Era casi medianoche y, maldiciendo su vocación de samaritana, salió en busca del hombre.

Abrió las puertas del bar y lo encontró todavía acodado a la barra, una larga fila de botellas vacías frente a él. Se acercó y lo abrazó por los hombros.

—¿Te gusta? —dijo el hombre.

Le indicó una hoja de papel pegada al espejo. En ella reconoció su trazo. Era un dibujo mostrando al escanciador en su ritual, pero el chorro de sidra no caía en el vaso, sino al suelo.

—No está mal. Muy simbólico.

—A la mierda con los símbolos. ¿Ves? Por eso quiero ver el mar. Estoy hastiado de las interpretaciones. ¿Sabes por qué la sidra cae al suelo? Porque me tembló la mano. Porque dibujé con uno de esos bolígrafos asquerosos. No hay otra razón, no hay símbolos, nada de nada.

—Como quieras. ¿Te apetece comer algo?

—Sentémonos. Otra botella, por favor.

Tomaron asiento frente a una de las mesas y el hombre empezó a dibujar con un dedo sobre la superficie mojada. Tenía los ojos extraviados y su voz sonaba traposa.

—Vamos. Ya bebiste bastante.

—Nunca beberé bastante. Demasiado tal vez, pero jamás bastante.
—Disculpa. Corregiré mi español. ¿Vamos?
—Pedí otra botella. Lárgate si quieres.
—Está bien. Bebe cuanto quieras. He venido a decirte que me voy. Pensé en hacerlo mañana, pero es mejor que lo haga hoy mismo. ¿Me escuchas? Me voy. Regreso a Madrid y de allí a Estocolmo. Desde luego me llevo el auto; perdóname, pero lo alquilé yo y, como sabes, soy responsable. Es mi problema. No necesitas decirlo. ¿Estás conforme? ¿Es lo que deseabas? En el hotel te dejaré todas las pesetas que cambié, ya no las necesito. ¿Me escuchas? ¿Entiendes lo que te digo?

El hombre permanecía con la cabeza inclinada sobre la mesa, siguiendo los desplazamientos de su dedo sobre la superficie. De pronto cerró el puño y borró todo lo trazado.

La mujer estiró un brazo y, tomándolo por la barbilla, lo obligó a mirarla.

—Me voy. Nunca más volverás a verme. Se acabó, ¿lo entiendes?

El hombre le apartó la mano, quiso decir algo, pero en ese momento se acercó el escanciador.

Entonces el hombre se paró, con movimientos torpes arrastró su silla hasta dejarla junto a la de ella y le ordenó al escanciador que sirviera.

La botella se alzó, se ladeó al alcanzar la altura adecuada y el chorro de sidra describió el arco dorado buscando la boca sedienta del vaso.

—¿Lo ves? —preguntó el hombre.

—¿Qué quieres que vea? Por Dios, ¿qué quieres que vea?

—Otro, por favor.

El escanciador recibió el vaso y se aprestó a cumplir nuevamente con su ritual.

El hombre puso un brazo sobre los hombros de la mujer y, en el instante en que el chorro volaba, le indicó un punto invisible bajo el arco de sidra.

—¿Lo ves? Ahí, como en los cuentos. Cruzando el arco de entrada del templo de los sueños, ahí, ahí está el mar.

Desencuentro al otro lado del tiempo

El libro me esperaba en un rincón de una pequeña librería de viejo, en Praga. Aquélla era mi última mañana en la ciudad a la que había acudido para participar en un homenaje a Jaroslav Seifert, y, como a la obra de Seifert no se la encuentra ni en los estudios ni en los discursos laudatorios, decidí dedicar esas horas finales a vagar por las cercanías de San Wenceslao, sin rumbo fijo, divagando acerca del origen de las estrechas calles que a veces parecen creadas por los deseos del poeta.

Hacía un frío que obligaba a caminar medio encogido, con las manos en los bolsillos, buscando el calor de las diminutas tiendas de artesanía y de los anticuarios. En una vitrina me esperaba el libro, y su primera señal fue la de saltarme a los ojos en mi propio idioma. No es común encontrar libros en español en los países del este europeo, y menos aún en las librerías de segunda mano.

Era un libro delgado, encuadernado en tela escarlata, con la cubierta engalanada por un ribete dorado, en parte descolorido, que enmarcaba dos filigranas, también doradas, que terminaban sus caprichosos trazos formando cardos y otras flores que recordaban las pinturas de Jerónimo Bosch. En la parte inferior de la portada, entre las filigranas, había un óvalo horizontal con la leyenda: «Biblioteca selecta para la juventud». En el centro, en una suerte de pergamino a medio desplegar, iba impreso el título, *Historia de la máquina de vapor*, y, más abajo, unos caracteres gruesos identificaban la editorial: Garnier Hermanos, París.

Creo que no soy un cínico, pero sé que me ha tocado vivir en una época que considera la ingenuidad como una causa perdida, y el azar se presenta como un sucedáneo de la voluntad. Todo parece programado de antemano y lentamente perdemos la capacidad de dejarnos sorprender, de aceptar que lo inusual es posible. Mis planes de aquella mañana contemplaban un paseo por Praga en busca de los versos de Seifert, luego iría al aeropuerto, y por la tarde cenaría con unos amigos en Barcelona. Pero el libro de tapas escarlata encerraba una llamada e, ignorando el carácter de la época, empujé la puerta de la librería.

El delicado tintineo de un colgante de varillas metálicas anunció mi entrada. El local era estrecho y débilmente iluminado. Olía a encierro, a gatos orinando sobre siglos de erudición y misterio, a papel, a polvo, a tiempo depositado en las estanterías. Por una puerta del fondo, tal vez de la vivienda, apareció un anciano muy arropado.

En alemán le comuniqué mi deseo de ver el libro de la vitrina y, al indicárselo, el anciano sonrió antes de hablarme con un acento dulce y extrañamente familiar, con un acento tanto o más antiguo que sus libros: era un judío sefardí y se mostraba dichoso de poder hablar en ladino.

—¡Ah! El libro en espanyol. ¡Qué de anyos que está en la vitrina! —dijo al entregármelo.

La contratapa estaba protegida por un papel ocre y la primera hoja tenía el mismo color. Al ver la caligrafía despreocupada de la dedicatoria, trazos que evidentemente no buscaron el efecto de una sorpresa, entendí que no tendría que avanzar en la lectura para comprender la silenciosa llamada que aquel libro me hiciera desde su encierro.

No puedo definir con precisión lo que sentí al recorrer esas palabras escritas con tinta, acaso azul, y que ahora se confundía con el color brumoso de la hoja. O tal vez puedo, mínimamente: sentí compasión por cierto viejo de barba rala, muerto hacía más de treinta años, al que quise y acompañé en lejanas tardes chilenas de espeso silencio.

Los recuerdos apresurados debieron de modelar en mi rostro una expresión preocupante, pues el librero me tomó de un brazo, me condujo hasta una silla y allí me ofreció una copa de licor.

—Pilar Solórzano existió —me oí murmurar.

—No te angusties. Todo es posible en los libros —indicó el viejo.

Agradecí que el librero comprendiera mi asfixiante necesidad de hablar y empecé a hacerlo mientras repasaba una y otra vez la dedicatoria: «Dedico este libro a Genaro Blanco como un homenaje a sus sueños y a todo lo que nos une. Pilar Solórzano, 15 de agosto de 1909».

Genaro Blanco. Don Genaro. Así se llamó un viejo andaluz lleno de sueños que un día fue adoptado por mi familia como un pariente más. Según mi madre, ella estaba en el quinto mes de embarazo cuando apareció en el salón de la casa cargando una desvencijada maleta de cartón y un paraguas negro, sostenido de un brazo por mi abuelo.

«Este es Genaro, mi compañero y hermano. Hace unas semanas que ha perdido a su compañera y cree estar solo. Nosotros le demostraremos que, en la gran fraternidad de los hombres libres, jamás se está solo. Sé bienvenido, compañero. Comparte con nosotros el vino, el pan y el cariño», dicen que dijo mi abuelo mostrándole su puesto en la mesa familiar. «Os deseo a todos salud y anarquía», dicen que respondió don Genaro, de tal manera que cuando llegué al mundo, cuatro meses más tarde, tuve dos abuelos españoles y uno chileno.

Por el contenido de su maleta, muy poca ropa y muchos papeles que revisaba pacientemente, mis padres supieron que, como mi abuelo, era un enemigo de todos los gobiernos y que había recorrido mundo antes de terminar como un pintoresco y extemporáneo ácrata en la rigurosa legalidad de la sociedad chilena.

Es poco lo que sé de él, porque murió cuando yo tenía doce años, y de ellos, los últimos los pasó sumido en largos silencios que la familia interpretó como depresiones normales en un aventurero jubilado, o ataques de senilidad en ningún caso preocupantes.

Todo cuanto recuerdo es fragmentario, y la memoria sólo me trae la certeza de una frase que le oí decir muchas veces cuando, desde el borde de su abismo de silencio, me invitaba a sentarme junto a él. «Ven, voy a hablarte de Pilar Solórzano», pero nunca me dijo nada más.

Don Genaro vivió hasta los noventa y dos años, y su evocación de Pilar Solórzano fue tomada como la chochera de un viejo solitario, viudo, y al que a veces se le confundían los personajes de las novelas de Zamacois con los de la vida real. Luego de la muerte de mi abuelo, su gran compañero, a don Genaro le dio por escapar de la tutela familiar y reaparecía horas más tarde escoltado por dos carabineros. «Este señor llegó al Palacio de la Moneda insultando a un tal Largo Caballero. Por favor, que no se repita o nos veremos en la obligación de arrestarlo.» Don Genaro escuchaba cabizbajo las recriminaciones de la familia, bebía un sorbo de anís y, en lugar de las esperadas disculpas, soltaba su axioma moral: «Todo poder corrompe». Contraviniendo las indicaciones del médico, encendía un caliqueño, arrastraba su silla de paja hasta el metro cuadrado de hierbas medicinales que cultivaba y llamaba su «carmen» y, desde ese lugar, me formulaba la invitación siempre inconclusa: «Ven, voy a hablarte de Pilar Solórzano».

Aquel nombre se transformó en una divertida muletilla, en un lugar común sin importancia. Por ejemplo, si mi padre o alguno de mis tíos se acicalaba antes de salir, le preguntaban: «¿Tienes cita con Pilar Solórzano?». O cuando alguien andaba distraído, recibía de inmediato un: «Vamos, deja de pensar en Pilar Solórzano».

¿Fue don Genaro un hombre feliz? Por mis padres y mis tíos sé que fue un desafortunado inventor de máquinas. Al terminarlas, o ya estaban inventadas o no encontraba aplicación para ellas. Por eso, a comienzos de siglo, viajó por las Filipinas y Centroamérica buscando lugares donde sus inventos fueran apreciados. Alguna vez regresó a España. Allí conoció a la que sería su mujer, una catalana que vi sólo en fotografías que mostraban a la pareja junto a otros milicianos de la CNT. No tuvieron hijos y el fin de la guerra civil los arrastró hasta Trompeloup, cerca de Burdeos. En 1939 consiguieron embarcarse en el *Winnipeg* junto a otros dos mil derrotados, y lo último que vieron de Europa fue la silueta de Neruda despidiéndolos desde el muelle...

—No te angusties. Es una historia bella y triste —dijo el viejo librero.

—No sé qué pensar. ¿Es todo esto una coincidencia sin sentido? ¿Hubo otro Genaro Blanco dichosamente acompañado por otra Pilar Solórzano? Mire usted en la página siguiente, el sello de color violeta que pone: «E. Goubaud & Co. Libreros, Guatemala». Tal vez por aquel tiempo el Genaro Blanco que yo conocí estaba en Centroamérica. Qué extraño y confuso es todo esto.

El librero me miró con gesto comprensivo, como si tales encuentros fueran enteramente normales en su mundo de papel e ideas ordenadas por el tiempo. Antes de hablar se quitó los espejuelos y los limpió con la bufanda.

—Llévate el libro. Te estaba esperando.

—Aún no le he preguntado por el precio. Ni siquiera sé si puedo pagarlo.

—Llévate el libro. En él hay una duda lejana que espera ser resuelta. Si no te lo llevas, te perseguirá como un Golem. Recuerda que soy judío y sé de qué hablo. El libro es tuyo. Perteneció a Genaro Blanco y tú fuiste su familia.

—Está bien. Lo acepto, aunque bajo una condición: no sé cómo, pero voy a buscar a Pilar Solórzano. Si descubro que todo es una equivocación, se lo devuelvo.

El librero me miró entonces con benevolencia, tal vez disculpando mi ignorancia acerca de lo inevitable.

Durante el vuelo a Barcelona no solté el libro. Busqué algo más que la escueta dedicatoria.

Su autor se llamaba Elías Zerolo y estaba publicado por la Librería Española de Garnier Hermanos, Rue des Saints-Pères 6, París. Hojeándolo, encontré un párrafo que muy bien pudo ser dicho por don Genaro cuando desempolvaba sus ideas libertarias: «... y verá que sólo en el trabajo libremente elegido se encuentra la satisfacción, y que sólo por él se adquiere el aprecio de la humanidad».

Al aterrizar en Barcelona tenía diseñado un mínimo plan de investigación que empezaba por telefonear a mi madre en Chile. Lo hice apenas llegué al hotel y, sin mencionar el hallazgo del libro, le pregunté si acaso alguna vez don Genaro le contó en qué países estuvo a comienzos de siglo.

—¿Cómo quieres que me acuerde? ¿Sabes cuántos años han pasado desde la muerte del viejito?

—Por favor, inténtalo. Es muy importante para mí.

—Todavía están en casa los papeles de don Genaro. Tenía varios pasaportes, pero no sé dónde diablos los guardamos. Llama mañana y entretanto los buscaré.
—No, mamá. Tiene que ser ahora.
—Qué calvario. Está bien, llama en un par de horas.

Por fortuna mi madre encontró los documentos, y así pude saber que, entre 1907 y 1909, don Genaro había vivido en Oviedo. Entre los papeles halló varias cartas de empresas mineras en las que le rechazaban inventos. Y un pasaporte que señalaba su salida de España por Santander en 1910.

Tuve una larga noche insomne y, cuando conseguí dormir un poco, tuve un sueño que casi me hizo feliz. En él veía a don Genaro, a mi abuelo y al viejo librero de Praga. Bebían licor y charlaban como si fueran amigos de toda la vida. De pronto, don Genaro me llamó: «Ven, voy a hablarte de Pilar Solórzano», mas la llegada del amanecer se llevó de nuevo su secreto.

Al atardecer del día siguiente el tren me dejó en la capital asturiana. Busqué un hotel en las cercanías de La Jirafa, pedí que me subieran un directorio telefónico a la habitación y anoté todos los números de los Solórzano. Por suerte no había más que unos veinte y me puse a llamar.

—Disculpe si molesto, pero necesito saber con urgencia acerca de una señora llamada Pilar Solórzano que en 1909 visitó Guatemala. Sé que suena extraño, pero, le repito, se trata de un asunto urgente.

Las quince primeras llamadas no encontraron más eco que la sorpresa o frases evasivas. Tal vez me expresé mal, tal vez debí inventar que buscaba a herederos, en fin, algún argumento coherente. Lleno de dudas, marqué el siguiente número, y una voz de mujer me hizo sudar de emoción.

—Esta es la casa de la señora Solórzano, pero ella no

está. No. Se mudó a una residencia de ancianos. Es que ella está sola y ya no podía valerse por sí misma. No. No se llama Pilar. Tenía una hermana, sí, espere un momento. José, ¿te acuerdas del nombre de la hermana de la señora? ¿Estás seguro? ¿Diga? Sí. La hermana se llamaba Pilar. Sí, si quiere venir... ¿Mañana? Es que durante el día no estamos. Si no le importa el desorden, puede venir ahora. Estamos renovando la casa y usted sabe cómo son estas cosas. Hace poco que la hemos alquilado y todavía quedan muchas pertenencias de la señora Solórzano. Vale. Lo esperamos.

El caserón gris estaba muy cerca de la estación, y me recibió una simpática pareja entregada a las tareas de renovación. Luego de disculparnos mutuamente, yo por la intromisión y ellos por los tachos de pintura que se veían por todas partes, les confesé que no sabía lo que estaba haciendo allí, que ignoraba lo que buscaba, pero que para mí era de vital importancia encontrar algo, lo que fuera, que me acercara a Pilar Solórzano.

—¿Qué dices, José? No me parece que esté majareta —dijo la mujer.

—Por lo menos no se ve peligroso —opinó el hombre.

Me dejaron solo en un cuarto repleto de cuadros, libros, lámparas, tapices y álbumes fotográficos.

No me llevó demasiado tiempo descubrir la existencia real de Pilar Solórzano. Las ordenadas fotografías de una vida solitaria me mostraron la lenta transformación de una mujer que en ningún momento dejó de ser bella, visible, a medida que pasaba las hojas de los álbumes, en el blanquear de la cuidada cabellera, en las manchas que se apropiaban de las manos y del rostro.

Abrí uno fechado 1908-1911. Varias postales sepia enseñaban paisajes tropicales, y en una fotografía reconocí los rasgos de don Genaro. El y Pilar estaban juntos en una especie de atalaya, tal vez una fortaleza española levantada para defenderse de los piratas. Ella llevaba un largo vestido, acaso de algodón, muy liviano, pues el viento detenido en la fotografía lo movía hacia un costado pegándolo a un cuerpo esbelto. El hombre vestía un traje tal vez blanco, tal vez de lino, sobre la cabeza lucía un sombrero Panamá, y apretaba un libro contra el pecho. Era el mismo libro que en ese momento, ochenta años más tarde, abultaba un bolsillo de mi saco.

A sabiendas de lo que encontraría, despegué la foto. Al reverso, una fecha: 15 de agosto de 1909.

Ignoro cuántas horas permanecí en aquel cuarto revisando fotografías y cartas remitidas desde Chile. En una de ellas, fechada en 1949, don Genaro hablaba de mi nacimiento con palabras en las que reconocí el tono que empleaba para explicar sus ideas libertarias, o para llamarme hasta el borde de su oferta inconclusa, «Ven, voy a hablarte de Pilar Solórzano».

«Si usted pudiera verlo, Pilar. Un pequeño ser que llega a poblar el universo. Gritón, indefenso, caprichoso, pero capaz de despertar hasta en los más rudos el sentimiento filial que hace de todos los hombres una gran familia. Si usted pudiera verlo, Pilar...» No quise seguir leyendo. No pude. Me avergonzaba espiar en aquella secreta, secretísima intimidad.

Me despedía de la pareja cuando la mujer recordó la existencia de una caja con documentos importantes que debía llevar a la señora Solórzano. En ella encontré el certificado de defunción de Pilar. Había muerto muchos años antes que don Genaro, y, por la fecha de nacimiento, deduje que había sido unos quince años mayor que él.

Apretando el libro entré en un bar, y el calor del coñac me llenó de preguntas: ¿conoció don Genaro los misterios del amor guiado por aquella mujer? ¿Le siguió ella a Centroamérica? ¿Intentaron ser felices cerca del

Caribe? ¿Cuándo se interpuso entre ellos la distancia? ¿Descubrieron de pronto que la trampa de los años se abriría sin misericordia por sobre los juramentos de amor, por sobre la fiebre de la dicha que tan brevemente nubla la mezquina razón? ¿Pronunciaron las palabras-muecas «nunca te olvidaré» antes de separarse? ¿O fue la guerra civil la causante de tal separación? Y del libro, ¿leyeron juntos, por ejemplo «... de todos los inventos de Blasco de Garay el más notable es la máquina que hace andar las naos sin remos ni velas, sino comandadas por la domada voluntad del agua...»?

Las páginas del libro mostraban huellas dejadas por la humedad y manchas ocres que amenazaban con invadir los textos. En don Genaro, la memoria de Pilar Solórzano no tuvo manchas ni sombras.

Quiero creer que ese amor, como el libro, sobrevivió a la noche del olvido, que al ocaso de su vida Pilar Solórzano llamó a su hermana diciéndole: «Ven, voy a hablarte de Genaro Blanco» y, al callar asomada al abismo de los años, el silencio compartido fue un inmaculado lenguaje de amantes, más poderoso que todas las ausencias, que todos los dolores, y que la fuerza de ese amor se mantuvo alimentada por la certeza de mi inevitable llegada, prevista por una inexplicable voluntad que me eligió como testigo de ese desencuentro al otro lado del tiempo.

Otra también puerta del cielo

> Pero qué importa la resaca si abajo hay algo calentito que deben ser las empanadas, y entre abajo y arriba hay otra cosa todavía más calentita, un corazón que repite qué jodidos, qué jodidos, qué grandes jodidos, qué irreemplazables jodidos, puta que los parió.
>
> Julio Cortázar

París. No sé. Pienso que por estas mismas calles, tal vez mirando también las mismas ventanas y sintiendo el mismo calorcito del humo en el estómago... No sé. Hablo del Ogro, claro. Y al decir hablo estoy pensando en mi cuarto de trabajo. Afuera es invierno todavía. Tengo una luz agradable, sobre la mesa el paquete de cigarrillos abierto e insinuante y, sin embargo, camino por estas calles que, estoy seguro, el Ogro recorrió con las manos en los bolsillos, jugando a que el viento haga volar las solapas de la gabardina y nos confiera un aspecto de pájaros extraviados.

Descubro también muchas cosas. No sé. Será tal vez porque en los casilleros del mundo aparezco todavía encerrado en la categoría de los hombres jóvenes. Esto de caminar con el cigarrillo en la boca, dando chupadas cortitas, olvidándome de su presencia, lo aprendí de Heinrich Böll, el viejo bueno de Colonia, y me gusta de la misma manera que me gusta caminar por París a esta hora de la tarde.

Y por sobre todo me gusta sentir que no me olvido del Ogro.

Camino y hablo. Camino por París y hablo con mis amigos de Madrid, sentado en mi cuarto hamburgueño. Tiene razón Onetti: hay que renunciar a los territorios físicos y habitar el territorio de la imaginación.

En estas páginas es 12 de febrero y, como permanecerán olvidadas en mi libreta, en ellas será siempre 12 de febrero.

Invierno en Europa. Si yo digo ahora el nombre del Ogro, usted va a pensar que se trata de un truco barato para atraer su atención. Por otra parte, si usted ya leyó que «es 12 de febrero», es posible (y yo lo deseo fervientemente) que usted haya entendido esta primera clave. Si es así, usted recordará y hará ese gesto de abrir involuntariamente los ojos de manera que las cejas se alcen y vuelvan a caer con una maestría digna de Marcel Marceau. Si después de todo esto usted sigue leyendo, sentiré que acaba de propinarme dos amistosas palmaditas en la espalda y podré entonces seguir hablando y escribiendo.

¿Se da cuenta de con qué libertad podemos entendernos? Si tiene ganas de tomar un coñac, encender un cigarrillo negro y acomodarse como un gato en su lugar preferido, adelante. Usted y yo estamos cumpliendo la función mágica de la literatura.

No podría hablar del Ogro si no estuviera seguro de que usted existe y es mi cómplice.

París. ¿Cómo decirlo? Temporadas breves, claro. A lo más un par de semanas, y desde que los franchutes se pusieron duros con las visas, nada más que unas horas mientras espero la combinación ferroviaria que habrá de llevarme a Madrid o de regreso a las orillas del Elba. Por lo general viajo con poco equipaje, así puedo caminar desde la Gare du Nord hasta la Gare d'Austerlitz evitando la línea cinco del metro que en las horas de gran público tiene un olor que para qué le cuento.

París. No sé. Me gusta porque vivo la presencia de otros. Habito con y en el recuerdo de otros a los que quise, a los que quiero.

Todavía no he llegado a conocerlo en la intensidad

Do Tank (HH based)
423-0994

de la lengua y de la sangre, aunque una vez dejé un trocito de cuerpo en una vieja casa del Boulevard des Batignoles y terminé agarrado a patadas con un yanqui ex campeón de pesos medianos. No sé. ¿Cómo decirlo? En ese tiempo no era yo, el de ahora. Era la sombra de Hemingway recorriendo las calles en busca de puerros y de las virutas del lápiz del maestro. París. Ahora se me ocurre que tengo serios problemas con los cagaderos parisinos. Cuando era muy joven me fracturé una pierna jugando al toma y daca con unos policías, y desde entonces soy absolutamente inepto para el tipo de gimnasia que exige la cultura sanitaria francesa. Pero no más divagaciones. Usted quiere que le hable en lenguaje de escritor de cuentos y ya hemos empezado diciendo que «es 12 de febrero».

Tenía que esperar ocho horas para combinar con el tren español, y como siempre decidí caminar para soñar el tiempo. Un día horrendo. Frío y lluvia. Esa lluvia sin viento, decididamente vertical, que en pocos minutos empapa hasta los huesos y que, protegido por mi gabardina, me hacía sentir privilegiado. Dígame si no es como para darle el premio Nobel al inventor de la telita engomada que nos aísla entre el forro y la tela.

En un momento de distracción metí los pies en un charco y, al descubrir que los calcetines de lana chupaban agua, tomé la determinación de meterme en un cafetín pobremente iluminado. Colgué la gabardina junto al calefactor y ordené un coñac doble. No estaba mal el sitio. Unos pocos parroquianos que leían el periódico de la tarde, y de una radio escapaban a poco volumen las notas de un concierto para flauta. Mozart, el coñac que bajaba lento por mi garganta, y sentir que los calcetines se iban secando. Entonces los oí hablar a mis espaldas.

Eran ellos. Sin duda alguna, eran ellos. No podía verlos y daba lo mismo, ya que nunca los había visto antes.

Es más, creo que sólo el Ogro conoció al detalle sus rasgos fisonómicos. Pero eran ellos, ¿cómo le explico? Es la casualidad en el fondo. Borges dice que sabemos muy poco acerca de las leyes que rigen la casualidad, y es cierto. Eran ellos.

No quise darme la vuelta para verles las caras. Tampoco me dejé vencer por la tentación de hablarles. No sé. Lo adivinaba inútil. Sin ser creyente, sé de ese territorio que denominan limbo, sólo que nunca pensé que tuviera la apariencia de un café mal iluminado en la subida a Montparnasse. Eran ellos y hablaban argentino.

—Que lo parió —decía el que, por la voz, adiviné más viejo—. Nos encontramos en la bancarrota más espantosa y usted se gasta los últimos recursos comprando el diario.

—Hay que estar informado —replicó el que parecía más joven—. La prensa es el puente que nos une al mundo civilizado. Es la mano que modela la masa de nuestra futura opinión. El cuarto poder. Además lo compré porque sale el programa hípico. *Fortunato* corre en la séptima.

—¿Y de qué diablos nos sirve saber que *Fortunato* corre en la séptima si no tenemos ni un mango para tirarle a las patas? En una de esas gana el pingo y entonces el sufrimiento es doble. Que lo parió.

—Cómo se ve que usted desconoce el poder de la prensa, colega. Si estamos bien informados podemos acercarnos al hipódromo, ahí buscamos a uno con cara de indeciso y usted sabe, «Buenas tardes. Disculpe si lo molestamos, sucede que nos encontramos con un pequeño inconveniente financiero que nos impide apostarle al caballo que ganará en la séptima. Somos primos de la mujer del caballo, quiero decir de la mujer del jinete, y hemos pensado que, a cambio de un pequeño porcentaje de las ganancias, podríamos compartir con usted el secreto...». ¿Capta? ¿Entiende ahora por qué me gusta estar siempre bien informado?

—¡Dios mío! ¡Qué optimismo! ¿Podría decirme con qué diablos vamos a pagar la entrada al hipódromo? Y otra pregunta sin importancia, ¿pretende que nos vayamos caminando en medio de este diluvio?

—Y bueno. En Saint-Denis hay una pasarela que funciona dándole una patada, me lo dijo un haitiano esta mañana.

—¡Dios mío!

—¿Desde cuándo tan místico, che?

—Cómo me dan pena los abandonados. ¿Conoce el poema? Desde que se nos fue el maestro, cómo nos hemos quedado en la cuerera.

—Cierto. Antes nunca nos faltaba nada. Y siempre tenía una botella de *grappa* a mano. ¿Cuánto tiempo hace que no nos echamos una *grappa* entre el pecho y la espalda? ¿Usted cree que se habrá ido al cielo?

—No diga pavadas. Mi misticismo no da para tanto. La teología de la desesperación tiene sus límites.

El mozo los interrumpió. Con una cara de bestia aprendida sin duda en la Legión Extranjera, se plantó frente a ellos decidido a no mover un pelo hasta que no hubiesen pedido algo.

—Un café —dijo el más viejo.

—De momento yo tomo solamente un vaso de agua. Almorcé algo sumamente pesado, ¿sabe?

El mozo se alejó refunfuñando. Yo quise darme la vuelta e invitarlos a un par de tragos, a comer, a lo que fuera, pero una sensación más fuerte que el pudor me clavó a la silla, y me alegré por ello. Después de todo, conozco las dificultades económicas que siempre los han caracterizado, el Ogro habló mucho sobre el tema, y, además, los tipos como ellos siempre se las arreglan.

—Podíamos haber ordenado dos cafés y dos *croissants*.

—Y un pato a la naranja, ¿no? Me temo que debo hacerle un rápido inventario de los bienes. Yo tengo tres francos cincuenta, un boleto del metro, que dudo sea aceptado por la máquina porque está mojado, y siete cigarrillos. Usted, colega, tiene su maldito periódico, los fósforos y la llave del cuarto.

—Tiempos de crisis. ¿Se fijó en la cara de asno del mozo? ¿Qué quería el hijo de puta? ¿Que ordenara un faisán asado?

—¿Cuánto nos darán por los libros?

—¿Vender los libros? Es lo único que tenemos de recuerdo.

—¿Prejuicios? Usted se afanó dos coronas el día del entierro.

—¡Epa! Cuidado con las acusaciones injustas. Cierto que me afané las coronas. Pero lo hice pensando que a él le hubiera gustado. Qué flor de cuento se hubiera mandado. No se olvide que usted me ayudó a vender los claveles por la noche.

—Cierto. Presento mis disculpas. Los dos estamos lo que se dice involucrados.

—Escuche. *Fortunato* llegó cuarto la semana pasada y tercero la anterior. El pronóstico dice que, corriendo sobre terreno húmedo, tiene la mejor de las chances. *Fortunato*, hijo de *Walkiria* y de *Lord Jim*. Con esos antecedentes el pingo va seguro. Qué desgracia.

—Sí. Qué desgracia. Mejor que nos vayamos al taller de Gilles para pasar la pena. En una de esas lo agarramos cocinando espaguetis y por culpa de la lluvia nos vemos obligados a quedarnos...

El que parecía más joven se paró declarando que se iba a meditar un rato a los servicios. Pude verle la espalda, estatura mediana, envuelto en un abrigo a cuadros, unas tres tallas más grande que la suya. Sentí cómo el otro se movía hasta una mesa cercana y pedía fuego.

Era el momento preciso. En mi mano tenía un billete de cien francos que yo había doblado convenientemente en cuatro mientras ellos filosofaban. Rápidamente me di la vuelta, estiré el brazo y metí el billete entre las páginas del periódico. Volví a mi posición.

El más joven regresó del baño abotonándose el abrigo. No quería verles las caras, todavía no, de tal manera que simulé atarme uno de mis zapatos cuando el hombre pasó por mi lado.

—¿Y? ¿Lo ha pensado? ¿Le seduce la posibilidad de espaguetis en lo de Gilles?

—Y qué otra nos queda. *Fortunato. Fortunato.* ¿Por qué tenía que ser en esta época de vacas flacas? Mire, déjeme repetirle la biografía del burro...

—Ande. ¿Qué pasa? Se ha puesto más pálido que un pedo.

—Che..., ¿usted cree en los milagros?...

—Déjese de pavadas. Ya le dije que mi misticismo...

El silencio de los dos hombres me indicó que habían descubierto el billete.

—¿Se lo encontró en el baño?

—No hable tan alto. No. Aquí. Ahora mismo.

—Debe ser del viejo del quiosco.

—Imposible. Me leí todo el diario, página por página. Lo hubiera visto.

—¡Es un milagro!

—Yo le dije que teníamos que ponerle velitas al difunto.

—¡Un velón de catedral le vamos a poner! ¡Un velón de catedral adornado con velitas de cumpleaños le vamos a poner! Pidamos algo, me tiemblan los dientes de ganas de morder.

—Aquí no. Este lugar es de muy baja categoría. Déjeme hacer cuentas. En el bistró de Paul, un bife con papas fritas cuesta veinticuatro. Una botella de vino ordinario, veinte. Con los impuestos y todo suma ochenta. Nos quedan veinte libres para largarnos al hipódromo y de paso nos aperamos de cigarrillos.

—¿Y qué esperamos entonces?

Salieron apresurados. El más viejo tiró unas monedas sobre la mesa y chapurreó en francés diciéndole al mozo que se guardara el cambio para las vacaciones. En ese momento, hasta mi cabeza llegaba cierta frase de Umberto Eco que hablaba del derecho a inmiscuirse, y decidí que también eran míos, que tenían derecho a saber que, pese a no habernos visto nunca, éramos, sin embargo, viejos conocidos. Tenía tiempo y, de no ser así, qué importaba. Era la mejor oportunidad para conocer el hipódromo de París acompañado por expertos y darnos luego una tremenda farra a la salud del Ogro.

Pagué la cuenta, me puse la gabardina y salí a la calle. Seguía lloviendo y alcancé a verlos en el momento en que doblaban la esquina.

—¡Polanco! ¡Calac! —me oí gritando en el momento en que corría para darles alcance.

Al llegar a la esquina no encontré nada más que la calle vacía, extrañamente iluminada por los adoquines húmedos. Ni rastro de los dos hombres, tragados quizá por quién sabe qué otra secreta también puerta del cielo.

Ultimos títulos

282. Esperando al enemigo
     Gonzalo Calcedo

283. La fatiga del sol
     Luciano G. Egido

284. El testamento francés
     Andrei Makine

285. El fin de la inocencia
     Willi Münzenberg y la seducción
     de los intelectuales
     Stephen Koch

286. Mientras nieva sobre los cedros
     David Guterson

287. El hijo del relojero
     Georges Simenon

288. Quince líneas
     Relatos hiperbreves
     Círculo Cultural Faroni

289. Esperanto
     Rodrigo Fresán

290. El descubrimiento del cielo
     Harry Mulisch

291. El viaje del profesor Caritat
 o Las desventuras de la Razón
　Steven Lukes

292. Máscaras
　Leonardo Padura

293. Una chica cualquiera
　Arthur Miller

294. Pretérito imperfecto
　Carlos Castilla del Pino
　IX Premio Comillas

295. Memorias de un soldado cubano
 Vida y muerte de la Revolución
　«Benigno» (Dariel Alarcón Ramírez)

296. Los fronterizos
　Peter Høeg

297. Hijas de Eva
　Manuel Talens

298. El vientre de la ballena
　Javier Cercas

299. La novia imaginaria
　John Irving

300. La mirada indiscreta
　Georges Simenon

301. Albert Camus.
 Una vida
　Olivier Todd

302. Maneras de perder
　Felipe Benítez Reyes

303. Desencuentros
     Luis Sepúlveda

304. V.
     Thomas Pynchon

305. Elogio de la madrastra
     Mario Vargas Llosa

306. Filosofía a mano armada
     Tibor Fischer

307. El cisne
     Gudbergur Bergsson

308. Los anillos de la memoria
     Georges Simenon

309. Lo que queda por vivir
     John Updike

310. Carta a mi madre sobre la felicidad
     Alberto Bevilacqua

311. Un maestro de Alemania
     Martin Heidegger y su tiempo
     Rüdiger Safranski

312. El conquistador
     Almeida Faria

313. Yo no tengo la culpa
     de haber nacido tan sexy
     Eduardo Mendicutti

314. Un mundo alucinante
     Reinaldo Arenas

315. El secreto de Mary Swann
     Carol Shields